꼭 읽어야 할
중학교 문학 첫걸음

소설 · 2

꼭 읽어야 할
중학교 문학 첫걸음 소설 2

초판 1쇄 발행 2025년 09월 01일

글 차오원쉬엔 외　**그림** 전명진　**엮음** 한재진
발행처 주식회사 스푼북　**발행인** 박상희　**총괄** 김남원
편집 길유진 김선영 박선정 이민주 이지은
디자인 이지숙 권수아 정진희　**마케팅** 박병건 박미소
출판신고 2016년 11월 15일 제2017-000267호
주소 (03993) 서울시 마포구 월드컵북로6길 88-7 ky21빌딩 2층
전화 02-6357-0050(편집) 02-6357-0051(마케팅)
팩스 02-6357-0052　**전자우편** book@spoonbook.co.kr

ISBN 979-11-6581-601-8 (43810)

* 저작권법에 의하여 한국 내에서 보호를 받는 저작물이므로 무단 전재와 무단 복제를 금합니다.
* 잘못 만들어진 책은 구입하신 곳에서 바꾸어 드립니다.

꼭 읽어야 할
중학교 문학 첫걸음

소설 • 2

차오원쉬엔 외 지음 | 전명진 그림 | 한재진 엮음

스푼북

책을 펴내며

우리는 매일 크고 작은 이야기들을 만들어 갑니다. 친구와 다툰 일, 가족과의 의견 충돌, 나도 모르게 마음을 졸였던 순간들까지. 이야기는 우리의 삶 속 곳곳에 존재하죠. 그런데 우리가 흔히 생각하는 '이야기'는 단순히 사건의 나열이 아닙니다. 이야기는 구성을 통해 짜임새 있게 펼쳐지고, 갈등을 통해 깊이를 더하며 독자의 마음을 움직입니다.

이야기의 흐름을 떠올려 봅시다. 주인공이 예상치 못한 문제에 부딪히면서 어느 순간 사건이 본격적으로 전개되죠. 등장인물들은 고민 속에서 선택을 하게 되고, 그 선택은 결과를 만들어 냅니다. 그리고 갈등이 해결되는 순간, 우리는 이야기의 의미를 더 깊이 깨닫게 됩니다.

여러분도 일상에서 크고 작은 갈등을 겪고 있지 않나요? 갈등은 우리 삶에서 자연스럽게 일어나는 일입니다. 흔히 갈등을 부정적인 것으로만 생각할 수 있지만 꼭 그렇지는 않습니다. 갈등이 일어나고 해소되는 과정을 통해 때로는 오해가 풀리기도 하고, 때로는 성장의 계기가 되기도 하니까요.

소설 속 인물들도 마찬가지입니다. 그들은 갈등 속에서 고민하고, 선택하고, 성장합니다. 그리고 그 과정에서 이야기는 더욱 흥미롭고 의미 있게 전개됩니다. '구성'이 하나 하나의 이야기를 이어 붙여 한 편의 소설을 완성한다면, '갈등'은 그 이야기에 생동감을 불어넣는 중요한 요소입니다.

이 책에는 다양한 갈등과 구성을 지닌 소설들이 담겨 있습니다. 오래된 약속이 가져온 예상치 못한 결말, 서로를 이해하지 못해 생긴 오해, 성장 과정에서 겪는 혼란과 깨달음 등 각각의 작품 속에서 등장인물들은 갈등을 맞닥뜨리고, 해결해 나가거나 때로는 해결하지 못한 채 더 깊은 고민을 남기기도 합니다.

　이야기를 읽으며, 소설이 어떻게 구성되는지, 갈등이 어떤 방식으로 전개되고 해결되는지 살펴보세요. 또한 등장인물들의 선택을 따라가며 '나라면 어떻게 했을까?'라는 질문을 스스로에게 던져 보세요. 그렇게 한 걸음씩 따라가다 보면, 어느새 여러분도 이야기 속 인물들과 함께 성장해 있을 것입니다.

　이제 책장을 넘길 준비가 되었나요? 각 작품의 '어떻게 읽을까?'를 참고하며, 구성과 갈등이 만들어 내는 이야기의 깊이를 직접 경험해 보길 바랍니다. 그리고 그 안에서 여러분만의 해답을 찾아보길 바랍니다.

엮은이
한재진

차례

책을 펴내며 ··· 004

1 하늘은 맑건만 •현덕 ··· 009

2 먹고 싶다, 수박 •장주식 ··· 031

3 동백꽃 •김유정 ··· 055

4 오마니별 •김원일 ··· 071

5	빨간 호리병박 • 차오원쉬엔	⋯ 121
6	촌놈과 떡장수 • 이금이	⋯ 151
7	20년 후 • 오 헨리	⋯ 165
8	야, 춘기야 • 김옥	⋯ 173

작품 출처 및 수록 교과서　　　　　　　　⋯ 192

일러두기

1. 본문은 작품이 수록된 단행본을 원본으로 삼았으며, 맞춤법과 띄어쓰기는 국립국어원의 현행 표기법을 따랐습니다.
2. 책 제목은 《 》, 단편 소설·연극·잡지·노래 제목 등은 〈 〉로 표시하였습니다.
3. 부가적인 설명이나 단어 풀이가 필요하다고 판단한 경우에는 각주로 설명을 붙여 놓았습니다.

1

하늘은 맑건만

현덕

어떻게 읽을까?

① 작품의 제목이 소설의 주제를 어떻게 드러내는지 생각해 보세요.
② 주인공이 어떤 선택을 하고 어떤 감정을 느끼는지 집중하며 작품을 읽어 보세요.
③ 등장인물들 사이의 갈등이 어떤 식으로 전개되는지 따라가며 읽어 보세요.

중문* 안 안반** 뒤에 숨기어 둔 공이 간 데가 없다. 팔을 넣어 아무리 더듬어도 빈탕이다. 문기는 가슴이 두근거리기 시작하였다.
 '혹 동네 아이들이 집어 갔을까?'
 도리어 그랬으면 다행이다. 만일에 그 공이 숙모 손에 들어가기나 했으면 큰일이다.
 문기는 아무 일 없는 태도로 전일과 다름없이 안마당에서 화초분에 물을 준다. 그러면서 연해*** 숙모의 눈치를 살핀다. 숙모는 부엌에서 저녁을 짓는다. 마루로 부엌으로 오르고 내릴 때 얼굴이 마주치는 것이다. 문기는 자기를 보는 숙모 눈에 별다른 것이 없다 싶었다. 문기는 차츰 생각을 고친다.
 '필시 공은 거지나 동네 아이들이 집어 갔기 쉽지. 그렇잖으면 작은어머니가 알고 가만있을 리 있나.'
 조금 후 문기는 아랫방으로 내려갔다.
 그리고 책상 서랍을 열어 보았을 때 문기는 또 좀 놀랐다. 서랍 속에 깊숙이 간직해 둔 쌍안경이 보이질 않는다. 그것뿐이 아니

• 중문: 대문 안에 거듭 세운 문
•• 안반: 떡을 칠 때 쓰는 두껍고 넓은 나무판
••• 연하다: 행위나 현상이 끊이지 않고 계속 이어지다.

다. 서랍 안이 뒤죽박죽이고 누가 손을 댔음이 분명하다.

'인제 얼마 안 있으면 작은아버지가 회사에서 돌아오시겠지. 그리고 필시 일은 나고 말리라.'

문기는 책상 앞에 돌아앉아 책을 펴 들었다. 그러나 눈은 아물아물 가슴은 두근두근 도시* 글이 읽어지질 않는다.

며칠 전 일이다. 문기는 저녁에 쓸 고기 한 근을 사 오라고 숙모에게 지전 한 장을 받았다. 언제나 그맘때면 사람이 붐비는 삼거리 고깃간이다. 한참을 기다려서 문기 차례가 왔다. 문기는 지전을 내밀었다. 뚱뚱보 고깃간 주인은 그 돈을 받아 둥구미**에 넣고 천천히 고기를 베어 저울에 단 후 종이에 말아 내밀었다. 그리고 그 거스름돈으로 아, 지전 아홉 장과 그 위에 은전 몇 닢을 얹어 내주는 것이 아닌가. 문기는 어리둥절하였다. 처음 그 돈을 숙모에게 받을 때와 고깃간 주인에게 내밀 때까지도 1원짜리로만 알았던 것이다. 문기는 돈과 주인을 의심스레 쳐다보았다. 허나 그는 다음 사람의 고기를 베느라 분주하다. 문기는 주뼛주뼛하는*** 사이 사람에게 밀려 뒷줄로 나오고 말았다. 그러나 다시 생각하면 정말 숙모가 1원짜리를 준 것인지 아닌지 모르겠다. 아니라면 도리어 큰일이 아닌가. 하여튼 먼저 숙모에게 알아볼 일

---

* 도시: 전혀, 도무지
** 둥구미: 짚으로 둥글고 깊게 엮어 만든 그릇
*** 주뼛주뼛하다: '서슴서슴하다'의 방언. 말이나 행동을 선뜻 결정하지 못하고 자꾸 머뭇거리다는 뜻

하늘은 맑건만 11

이었다. 문기는 집을 향해 돌아가면서도 연해 고개를 기웃거리며 그 일을 생각하였다. 내가 잘못 본 것인가, 고깃간 주인이 잘못 본 것인가 하고.

　골목 모퉁이를 꺾어 돌아섰다. 서너 간* 앞을 서서 동무 수만이가 간다. 문기는 쫓아가 그와 나란히 서며,

"너 집이 인제 가니?"

하고 어깨에 손을 걸고,

"이거 이상한 일 아냐?"

"뭐가 말야?"

"고길 사러 갔는데 말야. 난 1원짜리로 알구 냈는데 10원으로 거슬러 주니 말야."

"정말야? 어디 봐."

　문기는 손바닥을 펴 돈과 또 고기를 보였다. 수만이는 잠시 눈을 끔뻑끔뻑 무슨 궁리를 하는 듯 문기 얼굴을 보고 섰더니,

"너 이렇게 해 봐라."

"어떻게 말야?"

"먼저 잔돈만 너희 작은어머니에게 주거든."

"그리고 어떡해?"

"그리고 아무 말 없거든 내게로 나와. 헐 일이 있으니."

"무슨 헐 일?"

---

* 간: 길이의 단위. 한 간은 약 1.8미터에 해당한다.

"글쎄, 그러구만 나와. 다 좋은 일이 있으니."

마침내 문기는 수만이가 이르는 대로 잔돈만 양복 주머니에서 꺼내 놓았다. 숙모는 그 돈을 받아 두 번 자세히 세어 보고 주머니에 넣고는 아무 말 없이 돌아서 고기를 씻는다. 그래도 문기는 한동안 머뭇머뭇 눈치를 보다가 슬며시 밖으로 나갔다. 그리고 문밖엔 수만이가 이상한 웃음으로 그를 맞이하였다.

수만이가 있다던 좋은 일이란 다른 것이 아니었다. 거리에서 보고 지내던 온갖 가지고 싶고, 해 보고 싶은 가지가지를 한번 모조리 돈으로 바꾸어 보자는 것이다. 그러나 문기는,

"돈을 쓰면 어떻게 되니?"

"염려 없어. 나 하는 대로만 해."

하고 머뭇거리는 문기 어깨에 팔을 걸고 수만이는 우쭐거리며 걸음을 옮긴다. 하긴 문기 역시 돈으로 바꾸고 싶은 것이 없지 않은 터, 그리고 수만이가 시키는 대로 끌려 하기만 하면 남이 하래서 하는 것이니까 어떻게 자기 책임은 없는 듯싶었다. 그리고 수만이는 수만이대로 돈은 문기가 만든 돈, 나중에 무슨 일이 난다 하여도 자기 책임은 없으니까 또 안심이었다. 이래서 두 소년은 마침내 손이 맞고* 말았다.

그래도 으슥한 골목을 걸을 때에는 알 수 없는 두려움에 가슴이 두근거리었으나 밝은 큰 행길로 나오자 차차 다른 기쁨으로

---

* 손이 맞다: 무슨 일을 하는데 의견이 맞다.

변했다. 길 좌우편 환한 상점 유리창 안의 온갖 것이 모두 제 것인 양, 손짓해 부르는 듯했다. 드디어 그들은 공을 샀다. 만년필을 샀다. 쌍안경을 샀다. 만화책을 샀다. 그리고 활동사진 구경도 갔다. 다니며 이것저것 군것질도 했다.

그리고 그 나머지 돈으로 또 한 가지 즐거운 계획이 있었다. 조그만 환등 기계* 한 틀을 사자는 것이다. 이것을 놀려** 아이들에게 1전씩 받고 구경을 시킨다. 그리고 여기서 나오는 것으로 두고두고 용돈에 주리지 않도록 하자는 계획이다. 하고 오늘 저녁부터 그 첫 착수***를 하자는 약조였다.

그러나 이 즐거운 계획을 앞두고 이내 올 것이 오고 말았다. 안방에서 저녁상을 받고 앉았던 삼촌은 문기를 불렀다. 두 번 세 번 문기야, 소리가 아랫방 창을 울린다. 방 안에서 문기는 못 들은 양 대답하지 않는다. 그러나 네 번째는 안방 미닫이를 열고 삼촌은,

"문기 아랫방에 없니?"

댓돌 위에 신이 놓여 있는데 없는 양 할 수는 없다. 기어이 문기는 그 삼촌 앞에 나가 무릎을 꿇고 앉지 않을 수 없었다. 삼촌은 잠잠히 식사를 계속한다. 그 상 밑에, 안반 뒤에 숨겨 두었던 공이 와 있다. 상을 물릴 임시에 삼촌은 입을 열었다.

* 환등 기계: 강한 불빛을 그림이나 사진 등에 비추어 확대경을 통해 영상이 크게 보이게 하는 장치
** 놀리다: 기구나 도구를 사용하다.
*** 착수: 어떤 일을 시작함.

"너 요새 학교에 매일 갔었니?"

"네."

삼촌은 상 밑에 그 공을 굴려 내며,

"이거 웬 공이냐?"

"수만이가 준 공예요."

"이것두?"

하고 삼촌은 무릎 밑에서 쌍안경을 꺼내 들었다.

"네."

"수만이란 얼마나 돈을 잘 쓰는 아인지 몰라두 이 공은 50전은 줬겠구나. 이건 못 줘두 1원은 넘겨 줬겠구."

그리고 삼촌은

"수만이란 뭣 하는 집 아이냐?"

문기는 고개를 숙이고 앉아 말이 없다. 삼촌은 숭늉을 마시고 상을 물렸다.

"네 입으로 수만이가 줬다니 네 말이 옳겠지. 설마 네가 날 속이기야 하겠니? 하지만 남이 준다고 아무것이고 덥적덥적 받는다는 것도 좀 생각해 볼 일이거든."

삼촌은 다시 말을 계속한다.

"말 들으니 너 요샌 저녁두 가끔 나가 먹는다더구나. 그것두 수만이에게 얻어먹는 거냐?"

문기는 벌겋게 얼굴이 달아 수그리고 앉았다. 삼촌은 잠시 묵묵히 건너다만 보고 있더니 음성을 고쳐 엄한 어조로,

"어머님은 어려서 돌아가시구 아버지는 저 모양이시구, 앞으로 집안을 일으킬 사람은 너 하나야. 성실치 못한 아이들하고 얼려˙ 다니다 혹 나쁜 데 빠지거나 하면 첫째 네 꼴은 뭐구 내 모양은 뭐냐? 난 너 하나는 어디까지든지 공부도 시키구, 사람을 만들어 주려구 애를 쓰는데 너두 그 뜻을 받아 주어야 사람이 아니냐."

그리고 삼촌은 어떻게 뒤뚝˙˙ 맘 한 번 잘못 가졌다가 영 신세를 망치고 마는 예를 이것저것 들어 말씀하고는 이후론 절대 이런 것 받아들이지 말라는 단단한 다짐을 받은 후 문기를 내보냈다.

문기는 아랫방에 내려와 혼자 되자, 삼촌 앞에서보다 갑절 얼굴이 달아올랐다. 지금까지 될 수 있는 대로 생각지 않으려고 힘을 써 오던 그 편에 정면으로 제 몸을 세워 놓고 보지 않을 수 없었다. 그러자 자기라는 몸은 벌써 삼촌의 이른바 나쁜 데 빠지고만 것이었다. 그야 자기는 수만이가 시켜서 한 일이니까 잘못이 없다는 것이지만, 당초에 그것은 제 허물을 남에게 미루려는 얄미운 구실이 아니고 뭐냐. 그리고 문기는 이미 삼촌을 속였다. 또 써서는 아니 될 돈을 쓰고 말았다. 아아, 일찍이 어머니를 여의고 아버지란 사람은 일상 천 냥 만 냥˙˙˙ 하고 허한 소리만 하면서 남

˙ 얼리다: 어울리다.
˙˙ 뒤뚝: 큰 물체나 몸이 중심을 잃고 한쪽으로 기울어지는 모양. 여기에서는 '자칫'이란 뜻으로 쓰였다.
˙˙˙ 천 냥 만 냥: '노름'을 달리 이르는 말. 돈이나 재물 따위를 걸고 서로 내기를 하는 일

루한 주제에 거처가 없이 시골, 서울로 돌아다니는 사람이고, 어려서부터 문기를 길러 낸 사람이 삼촌이었다. 그리고 조카의 장래를 자기의 그것보다 더 중히 알고 염려하며 잘되어 주기를 바라는 삼촌이었다. 그 삼촌의 기대에 어그러지지 않는 인물이 되어 보이겠다고 엊그제도 주먹을 쥐고 결심하던 문기가 아니냐. 생각할수록 낯이 뜨거워지는 일이다. 마침내 문기는 공과 쌍안경을 집어 들고 문밖으로 나갔다. 어둑어둑 저물어 가는 행길이다. 문기는 골목으로 들어섰다. 대낮에 많은 사람 가운데에서 거리낌 없이 가지고 놀던 그 공이 지금은 사람이 드문 골목 안에서도 남이 볼까 두려워졌다. 컴컴해질수록 더 허옇게 드러나 보이는 커다란 공을 처치하기에 곤란해 문기는 옆으로 꼈다 뒤로 돌렸다 하며 사람의 눈을 피한다. 쌍안경이 든 불룩한 주머니가 또 성화다. 골목 하나를 돌아서 나올 즈음 문기는 모르고 흘리는 것인 양 슬며시 쌍안경을 꺼내 길바닥에 떨어뜨렸다. 그리고 걸음을 빨리하여 건너편 골목으로 들어간다. 개천가 앞에 이르렀다. 거기서 문기는 커다란 공을 바지 앞에 품고 앉아서 길 가는 사람이 없기를 기다린다.

자전거가 가고 노인이 오고 동이 뜬* 그 중간을 타서 문기는 허옇게 흐르는 물 위로 공을 던져 버렸다. 이어 양복 안주머니에 간직해 두었던 나머지 돈을 꺼내 들었다. 그것도 마저 던져 버리려

---

* 동이 뜨다: 사이가 조금 생기다.

다가 문득 들었던 손을 멈춘다. 그리고 잠시 둥실둥실 물을 따라 떠나가는 공을 통쾌한 듯 바라보다가는 돌아서 걸음을 옮긴다.

문기는 삼거리 고깃간을 향해 갔다. 그리고 뒷골목으로 돌아가 나머지 돈을 종이에 싸서 담 너머로 그 집 안마당을 향해 던졌다.

그제야 문기는 무거운 짐을 풀어 놓은 듯 어깨가 거뜬했다. 아까 물 위로 둥실둥실 떠가던 그 공, 지금은 벌써 10리고 20리고 멀리 떠갔을 듯싶은 그 공과 함께 문기는 자기의 허물도 멀리 사라져 깨끗이 벗어난 듯 속이 후련했다. 그리고,

'다시는 다시는.'

하고 문기는 두 번 다시 그런 허물을 범하지 않겠다고 백번 다짐하며 집을 향해 돌아간다. 그러나 문기는 그것만으로는 도저히 자기 허물을 완전히 벗을 수 없었다. 그가 자기 집 어귀에 이르렀을 때 뜻하지 않은 것이 기다리고 있다 나타났다.

"너 어디 갔다 오니?"

하고 컴컴한 처마 밑에서 수만이가 튀어나오며 반긴다.

"지금 느이 집 다녀오는 길이다."

그리고 문기 어깨에 팔 하나를 걸고 행길을 향해 돌아서며,

"어서 가자."

약조한 환등 틀을 사러 가자는 것이다. 극장 앞 장난감 가게에 있는 조그만 환등 틀을 오고 가는 길에 물건도 보고 금*도 보아

---

* 금: 가격

두었던 것이다. 그리고 오늘 낮에도 보고 온 것이언만 수만이는,

"그새 팔리지나 않았을까?"

하고 걸음을 재촉한다. 문기는 생각 없이 몇 걸음 끌려가다가는 갑자기 그 팔을 쳐 내리며 물러선다.

"난 싫다."

수만이는 어리둥절해 쳐다본다.

"뭐 말야? 환등 틀 사기 싫단 말야?"

"난 인제 돈 가진 것 없다."

"뭐?"

하고 수만이는 의외라는 듯 눈이 둥그레지다가는 금세 능청스런 웃음을 지으며,

"너 혼자 두고 쓰잔 말이지? 그러지 말구 어서 가자."

"정말 없어. 지금 고깃간 집 안마당으로 던져 주고 오는 길야. 공두 쌍안경두 버리구."

하고 문기는 증거를 보이느라고 이쪽저쪽 주머니를 털어 보이는 것이나 수만이는 흥 하고 코웃음을 친다.

"누군 너만 못 약을 줄 아니?"

그리고 연신 빈정댄다.

"고깃간 집 마당으로 던졌다? 아주 핑계가 됐거든."

"거짓말 아니다. 참말야."

할 뿐, 문기는 어떻게 변명할 줄을 몰라 쳐다보기만 하다가 고개를 떨어뜨리고 울상을 한다.

"오늘 작은아버지에게 막 꾸중 듣구. 그리고 나두 인젠 그런 건 안 헐 작정이다."

"그래도 나하구 약조헌 건 실행해야지. 싫으면 너는 빠져도 좋아. 그럼 돈만 이리 내."

하고 턱 밑에 손을 내민다.

"정말 없대두 그래."

수만이는 내밀었던 손으로 대뜸 멱살을 잡는다.

"이게 그래도 느물거든*."

이런 때 마침 기침을 하며 이웃집 사람이 골목으로 들어서자 수만이는 슬며시 물러선다. 그러나,

"낼은 안 만날 테냐. 어디 두고 보자!"

하고 피해 가는 문기 등을 향해 소리쳤다.

이튿날 아침이다. 학교를 가는 길에 문기가 큰 행길로 나오자 맞은편 판장에 백묵으로 커다랗게 '김문기는' 하고 그 밑에 동그라미 셋을 쳐 '○○○했다.' 하고 써 있다. 그리고 학교 어귀에 이르러 삼거리 잡화상 빈지판**에도 같은 것이 씌어 있는 것이다. 문기는 이번에도 무춤하고*** 보다가는 얼른 모자를 벗어서 이름자만 지워 버렸다. 그러는 것을 건너편 길모퉁이에서 수만이가 일그러진 웃음으로 보고 섰다. 그리고 문기가 앞으로 지나가자,

* 느물다: 속으로는 엉큼한 마음을 숨기고 겉으로는 아무렇지 않은 체하다.
** 빈지판: 한 짝씩 끼웠다 떼었다 할 수 있게 만든 문. 흔히 가게에서 문 대신 쓴다.
*** 무춤하다: 놀라거나 어색하여 하던 짓을 갑자기 멈추다.

"왜 겁이 나니? 지우게."

하고 뒤를 오면서 작은 소리로,

"그래, 정말 돈 너만 두고 쓸 테냐. 그럼 요건 약과다."

그리고 수만이는 추근추근하게* 쫓아다니며 은근히 골리었다.

철봉틀 옆에 정신없이 선 문기를 불시에 다리오금을 쳐 골탕을 먹게 하였다. 단거리 경주 연습을 하는 척 달음박질을 하다가는 일부러 문기 앞으로 달려들어 몸째 부딪는다.

그리고 으슥한 곳에서 단 둘이 만나는 때면 수만이는,

"너, 네 맘대루만 허지. 나두 내 맘대루 헐 테다. 내 안 풍길** 줄 아니, 풍길 테야."

하고 손을 들어 꼽는다.

"풍기기만 하면 첫째 학교에서 쫓겨날 것이요, 둘째 너희 집에서 쫓겨날 것이요, 그리고 남의 걸 훔친 거나 일반이니까 또 그런 곳으로 붙들려 갈 것이요."

하고는 또,

"풍길 테다."

사실 그다음 시간 교실을 들어갔을 때 문기는 크게 놀랐다. 칠판 한가운데 "김문기는 ○○○했다."가 커다랗게 쓰여 있다. 뒤미처 선생님이 들어왔다. 일은 간단히 선생님이 한 번 쳐다보고 누구 장난이냐, 하고 쓱쓱 지워 버리고는 고만이었지만 선생님이 들

* 추근추근하다: 몹시 끈질기다.
** 풍기다: 소문내다.

어오고 그것을 지우기까지의 그동안 문기는 실로 앞이 캄캄했다.
 그러나 수만이는 그것으로 그만두지 않았다. 학교를 파해 거리로 나와서는 한층 심했다. 두어 간 문기를 앞세워 놓고 따라오면서 연해 수만이는,
 "앞에 가는 아이는 공공공했다지."
 그리고 점점 더해 나중엔 도적질을 거꾸로 붙여서,
 "앞에 가는 아이는 질적도 했다지."
하고 거리거리 외며 따라오는 것이다.
 문기 집 가까이 이르렀다. 수만이는 문기 앞으로 다가서며 작은 음성으로 조졌다*.
 "너, 지금으로 가지고 나오지 않으면 낼은 가만 안 둔다. 도적질했다 하고 똑바루 써 놓을 테야."
 문기는 여전히 못 들은 척 걸음만 옮긴다. 자기 집 마당엘 들어섰다. 숙모는 뒤꼍에서 화초 모종을 하는지 여기 심어라, 저기 심어라 하고 아랫집 심부름하는 아이와 이야기하는 소리가 날 뿐 집 안엔 아무도 없다.
 그리고 눈앞에 보이는 붙장** 안 앞턱에 잔돈 얼마와 지전 몇 장이 놓여 있다. 그리고 문밖엔 지금 수만이가 돈을 가지고 나오기를 기다리고 섰다. 여기서 문기는 두 번째 허물을 범하고 말았다.
 "진작 듣지."

---

* 조지다: 일이나 말이 허술하게 되지 않도록 단단히 단속하다.
** 붙장: 부엌 벽의 안이나 바깥쪽에 붙여 만든 장으로 간단한 그릇 따위를 간직하는 데 쓴다.

하고 빙그레 웃는 수만이 얼굴에다 뺨을 때리듯 돈을 던져 주고 문기는 달아났다.

 급한 걸음으로 문기는 네거리 하나를 지났다. 또 하나를 지났다. 또 하나를 지났다. 걸음은 차차 풀이 죽는다. 그리고 문기는 이런 생각을 하였다.

 '자기는 몰래 작은어머니 돈을 축냈다. 그러나 갚으면 고만 아니냐. 그 돈 값어치만큼 밥도 덜 먹고 학용품도 아껴 쓰고 옷도 조심해 입고 이렇게 갚으면 고만 아니냐.'

 몇 번이고 이 소리를 속으로 되뇌며 문기는 떳떳이 얼굴을 들고 집으로 들어갈 수 있을 만한 뱃심을 만들려 한다. 그러나 일없이 공원으로 거리로 돌며 해를 보낸다.

 날이 저물어서 문기는 풀이 죽어 집 마루에 걸터앉았다. 숙모가 방에서 나오다 보고,

 "너 학교에서 인제 오니?"

 그리고 이어,

 "너 혹 붙장 안의 돈 봤니?"

하다가는 채 문기가 입을 열기 전에 숙모는,

 "학교서 지금 오는 애가 알겠니. 참 점순이 고년 앙큼헌 년이드라. 낮에 내가 뒤꼍에서 화초 모종을 내고 있는데 집을 간다고 나가더니 글쎄 돈을 집어 갔구나."

 문기는 잠잠히 듣기만 한다. 그러나 속으로는 갚으면 고만이지 소리를 또 한 번 외어 본다.

그날 밤이었다. 아랫방 들창 밑에 훌쩍훌쩍 우는 어린아이 울음소리가 났다. 아랫집 심부름하는 아이 점순이 음성이었다. 숙모가 직접 그 집에 가서 무슨 말을 한 것은 아니로되 자연 그 말이 한 입 건너 두 입 건너 그 집에까지 들어갔고, 그리고 그 집 주인 여자는 점순이를 때려 쫓아낸 것이다. 먼저는 동네 아이들이 모여 지껄지껄하더니 차차 하나 가고 둘 가고 훌쩍훌쩍 우는 그 소리만 남는다. 방 안의 문기는 그 밤을 뜬눈으로 새웠다.

이튿날 아침이다. 문기는 밥을 두어 술 뜨다가는 고만둔다. 그 돈을 갚기 위한 그것이 아니다. 도시 입맛이 나지 않았다. 학교엘 갔다. 첫 시간은 수신* 시간, 그리고 공교로이 제목이 '정직'이다. 선생님은 뒷짐을 지고 교단 위를 왔다 갔다 하며 거짓이라는 것이 얼마나 악한 것이고 정직이 얼마나 귀하고 중한 것인가를 누누이 말씀한다. 그리고 안경 쓴 선생님의 그 눈이 번쩍 하고 문기 얼굴에 머물렀다 가고 가고 한다. 그럴 때마다 문기는 가슴이 뜨끔뜨끔해진다. 문기는 자기 한 사람에게만 들리기 위한 정직이요, 수신 시간인 듯싶었다. 그만치 선생님은 제 속을 다 들여다보고 하는 말인 듯싶었다.

운동장에서도 문기는 풀이 없다. 사람 없는 교실 뒤 버드나무 옆 그런 데만 찾아다니며 고개를 숙이고 깊은 생각에 잠기거나 팔짱을 찌르고 왔다 갔다 하기도 한다. 그러다 누가 등을 치면 소

* 수신: 지금의 도덕 과목

스라쳐 깜짝깜짝 놀란다.

　언제나 다름없이 하늘은 맑고 푸르건만 문기는 어쩐지 그 하늘조차 쳐다보기가 두려워졌다. 자기는 감히 떳떳한 얼굴로 그 하늘을 쳐다볼 만한 사람이 못 된다 싶었다.

　언제나 다름없이 여러 아이들은 넓은 운동장에서 마음대로 뛰고 마음대로 지껄이고 마음대로 즐기건만 문기 한 사람만은 어둠과 같이 컴컴하고 무거운 마음에 잠겨 고개를 들지 못한다. 무엇보다도 문기는 전일처럼 맑은 하늘 아래서 아무 거리낌 없이 즐길 수 있는 마음이 갖고 싶다. 떳떳이 하늘을 쳐다볼 수 있는, 떳떳이 남을 대할 수 있는 마음이 갖고 싶었다.

　오후 해 저물녘이다. 문기는 책보를 흔들흔들 고개를 숙이고 담임 선생님 집 앞을 왔다가는 무춤하고 섰다가 그대로 지나가고 그대로 지나가고 한다. 세 번째는 드디어 그 집 문 안을 들어서서 선생님을 찾았다. 선생님은 문기를 안방으로 맞아들였다. 학교에서 볼 때 엄하고 딱딱하던 선생님은 의외로 부드러이 웃는 낯으로 문기를 대한다. 문기는 선생님 앞에 엎드려 모든 것을 자백할 결심이었다. 그런데 선생님의 부드러운 태도에 도리어 문기는 말문이 열리지 않았다. 다음은 건넌방에서 어린애가 울어 못했다. 다음은 사모님이 들락날락하고 그리고 다음엔 손님이 왔다. 기어이 문기는 입을 열지 못한 채 물러 나오고 말았다.

　먼저보다 갑절 무겁고 컴컴한 마음이었다. 도저히 문기의 약한 어깨로는 지탱하지 못할 무거운 눌림이다. 걸음은 집을 향해 가는 것이지만 반대로 마음은 멀어진다. 장차 집엘 가서 대할 숙모가 두려웠고 삼촌이 두려웠고 더욱이 점순이가 두려웠다.
　어느덧 걸음은 삼거리를 건너고 있었다. 문기 등 뒤에서 아주 멀리 뿡뿡 하고 자동차 소리와 비켜라 하는 사람의 소리가 나는

듯하더니 갑자기 귀밑에서 크게 울린다. 언뜻 돌아다보니 바로 눈앞에 자동차 머리가 달려든다. 그리고 문기는 으쓱하고 높은 데서 아래로 떨어지는 듯싶은 감과 함께 정신을 잃고 말았다.

　얼마 동안을 지났는지 모른다. 문기가 어렴풋이 눈을 떴을 때 무섭게 전등불이 밝아 눈이 부셨다. 문기는 다시 눈을 감았다. 두 번째 문기가 눈을 뜨자 희미하게 삼촌의 얼굴이 나타나며 그것이 차차 똑똑해지더니 삼촌은,

　"너 내가 누군 줄 알겠니?"

하고 웃지도 않고 내려다본다. 문기는 이것도 꿈인가 하고 한번 웃어 주려면서 그대로 맑은 정신이 났다. 문기는 병원 침대 위에 누워 있었다. 어디 아픈 데는 없으면서도 몸을 움직일 수는 없다. 삼촌은 근심스런 얼굴로 내려다본다.

　"작은아버지."

하고 문기는 입을 열었다. 그리고,

　"저는 마땅히 받아야 할 벌을 받은 거예요."

하고 문기는 눈을 감으며 한 마디 한 마디 그러나 똑똑하게 처음서부터 끝까지, 먼저 고깃간 주인이 1원을 10원으로 알고 거슬러 준 것, 그 돈을 써 버린 것, 그리고 또 붙장 안의 돈을 자기가 훔쳐 낸 것, 이렇게 하나하나 숨김없이 자백을 하자, 이때까지 겹겹으로 싸고 있던 허물이 한 꺼풀 한 꺼풀 벗어지면서 따라 마음속의 어둠도 차차 사라지며 맑아지는 것을 문기는 확실히 깨달을 수 있었다. 마음이 맑아지며 따라 몸도 가뜬해진다. 내일도 해는

뜨고 하늘은 맑아지리라. 그리고 문기는 그 하늘을 떳떳이 마음껏 쳐다볼 수 있을 것이다.

2

먹고 싶다, 수박

장주식

어떻게 읽을까?

① 주인공의 행동이 과연 옳은 것인지 생각해 보세요. 그리고 여러분이라면 어떻게 행동했을지 고민해 보세요.
② 등장인물들의 모습을 통해 진정한 우정이란 무엇인지 생각해 보세요.
③ 수박이 지니는 상징적 의미가 무엇인지 다양하게 생각해 보세요.

그건 참 이상한 일이었다. 약 두 시간에 걸쳐 일어난 그 일은 마치 한바탕 꿈을 꾼 것 같기도 했다. 체육 시간에 여유 시간이 너무 많았던 게 문제였다. 줄넘기 평가를 하는 날이었다.
"적당한 데서 연습하고들 있어. 부르면 잽싸게 오고."
노란 선글라스를 낀 체육 쌤의 말이었다. 아이들은 사방으로 흩어졌다. 나는 세영, 지원, 은비, 인정, 영주와 함께 뭉쳐서 갔다. 우리는 자타가 공인하는 육인방이다. 콩 한 개도 여섯 쪽으로 나눠서 먹을 수 있다고 서로 믿는 사이다. 한 번도 그래 본 적은 없지만. 이리저리 돌아다니다가, 자리 잡은 곳이 조회대 위였다. 그곳은 시멘트로 깔끔하게 처리되어 있어서 맨땅에서 줄을 넘는 것보다 나았다. 하지만 줄넘기는 뒷전이었다. 넘는 둥 마는 둥, 별 영양가 없는 수다로 시간을 보냈다. 체육 쌤이 본다면
"어휴, 저것들!"
하고 속을 박박 긁겠지만. 인정이는 아예 줄넘기를 저만치 집어 던지고, 바닥에 퍼질러 앉았고, 은비와 영주는 줄넘기 한 개로 서로 몸을 묶고 있었다. 그때 갑자기, 세영이가 외쳤다.
"어머, 어머! 얘들아, 저것 좀 봐."
눈들이 한꺼번에 세영이가 가리키는 곳으로 쏠렸다.

"보여? 애들아, 보이지? 수박 말이야."

진짜로 있었다. 수박이었다. 조회대 옆, 비탈진 잔디밭, 늙은 겹벚꽃 나무 아래, 수박이 있었다. 단 한 개. 수박 포기도 딱 하나였다. 오리발처럼 갈라진 길쭉한 초록 이파리들은 그닥 싱싱해 보이지 않았다. 그러나 수박은, 생각보다 컸다!

"와, 크다! 인정이 머리보다 크겠다."

지원이가 인정이 머리를 끌어안으며 소리쳤다. 녹색 덩어리에 선명하게 죽죽 그어진 짙푸른 선들. 수박은 튼튼해 보였다. 손가락으로 튕기면, 퉁! 하고 소리를 낼 것 같다. 나는 수박을 손가락으로 튕겨 보고 싶은 마음이 불현듯 솟아나자, 참기 어려웠다.

"아, 저거 우리 따 먹으면 안 될까? 수박이 언제부터 저기 있었

지? 왜 그동안 못 봤을까?"

내가 이상한 흥분에 휩싸여 마구 말을 쏟아 내고 있을 때, 벌처럼 윙 하고 수박에게로 날아간 인간이 있었다. 지원이였다.

"먹고 싶으면 따지 뭐."

아아, 그 아무도 말릴 새가 없었다. 마치 오랜 세월 수박 농사를 지어 온 농부라도 되는 양, 아주 능숙한 솜씨로 지원이는 수박을 뚝 따서, 가슴에 안고 환하게 웃었다.

"야, 너!"

거의 비명에 가까운 짧은 소리가 모두의 입에서 터져 나오고, 순간 정적. 입을 벌린 채 아이들은 얼음이 되었다. 지원이 표정이 가장 볼 만했다. 수박을 가슴에 안고 우는 듯 웃는 듯 두려운 듯 오묘한 표정. 일단 일을 저질러 놓고 보는 지원이다웠다.

"왜에에~~"

지원이는 친구들을 올려다보며 애절한 가락으로 호소하듯 내뱉었다. 지원이의 호소에 누구도 선뜻 대답을 하지 않았다. 갑자기 근심에 휩싸인 지원이가 일부러 울음 섞인 소리를 내면서 다시 애원조로 말했다.

"수박 먹고 싶지 않아? 니들."

"먹고 싶긴 하지……."

인정이가 대답했다. 나도 먹고 싶다고 말을 보태려는데, 은비가 먼저 말했다.

"난 안 먹을래. 그, 리, 고."

글자를 끊어서 또박또박 발음한 뒤, 은비는 한 걸음 뒤로 물러나며 덧붙였다.

"나는 빠지겠어. 이 사건은 나와 무관한 거야. 난 결코 이 상황을 인정할 수 없어."

은비는 말을 하는 중에도 걸음을 옮겨, 마침내 조회대에서 바깥으로 나가 버렸다. 머뭇거리던 영주도 은비를 따라갔다. 수박을 가장 먼저 발견했던 세영이는 은비를 보다가 지원이를 보다가 허둥대며 "어떡해, 어떡해."를 연발하더니 엉뚱하게도 줄넘기를 들고 줄을 넘기 시작했다.

멀리서 시끌시끌 아이들이 오는 소리가 들렸다. 가장 괴로운 사람은 당연히 지원이었다. 수박을 안은 채 엉거주춤 선 지원이. 나는 지원이를 구출하는 게 가장 급선무*라고 판단했다. 눈에 띄는 대로, 지원이의 신발주머니를 들고 달려갔다.

"얼른 넣어!"

신발주머니의 주둥이를 벌리고 내가 말했다. 지원이는 수박을 딸 때처럼, 재빠른 동작으로 수박을 집어넣었다. 팔을 두어 번 흔들어 보던 지원이는

"휴- 살았다."

숨을 푹 내쉬곤 멀리서 다가오는 아이들을 힐끔 바라보았다. 신발주머니 깊이가 얕아서 수박 등이 손등만큼 내보인다.

---

* 급선무: 무엇보다도 먼저 서둘러 해야 할 일

"야, 보인다. 수박이 너무 커."

수박이 큰 것이 결코 탓 될 일도 아니건만, 지원이는 수박이 큰 탓을 하면서 사방을 휘휘 둘러보다가 조회대 난간에 걸려 있던 체육복 점퍼를 벗겨서 신발주머니를 감쌌다.

"야, 그건 내 건데."

세영이가 외쳤지만, 지원이는 들은 체도 하지 않았다. 졸지에 내가 수박을 끌어안게 되었다. 다른 사람들이 보면야 체육복을 가슴에 안고 있는 것처럼만 보이겠지만.

그런 일들이 벌어지고 있는 동안 체육 시간은 끝이 나 버렸다. 나와 지원이, 세영이와 인정이는 잘 감춘 수박을 끌어안고 교실로 들어갔다. 다른 아이들이 접근하지 못하도록 나를 가운데에 두고, 세 아이들이 보호하면서 걸었다. 우리 넷의 눈빛 교환은 은밀했다. 다른 사람들 몰래 우리만의 비밀을 공유한다는 건 꽤 짜릿한 맛이 있었다. 더구나 뭔가 조금은 찜찜한 일, 곧 결코 선한 일이 아니며 들통이 난다면 비난을 받을 것이 분명한 비밀. 공범자로서 서로를 지켜 줘야 한다는 희한한 사명감까지 생기는 그것. 누가 심어 가꾼 수박인지는 알 수 없으나, 공공의 장소에 심어져 있었으므로 누구든 발견한 사람이 먹을 수 있지 않겠느냐고, 나는 그런 생각을 하며 이건 남의 것을 훔치는 게 아니다, 라고 스스로를 합리화하고 있었지만 마음이 불편한 건 사실이었다. 수박은 너무나 잘 가꿔져 있었기 때문이다. 수박 줄기 주변은 잡초를 제거하면서 흙을 돋워 놓는 등, 사람의 손길이 확연했다. 당연히 수박이 저절로 나서 자랐다면 그렇게 상품 가치가 있을 정도로 되진 못했을 것이다. 정성을 들여서 가꾼 사람이 있는 게 분명했다. 마음이 걸리는 것은 바로 그 부분이었다. 서로 입 밖에 내놓고 말하지 않았지만, 다른 세 친구도 그렇게 생각할 게 틀림없었다. 눈빛만 봐도 안다.

  교실에 들어가서도 우린 한 덩어리로 뭉쳐서 앉았다. 사태의 해결을 위해 의견을 나눠야 했다. 수박이 든 신발주머니는 책상 밑에 넣었다. 그리고 우리 넷은 머리를 가까이 모았다. 나는 책상 하나 건너에 앉은 은비를 보았다. 은비는 평온한 얼굴로 가방을 챙기고 있었다. 은비 옆에 앉은 영주와는 눈이 마주쳤다. 영주는 자주자주 우리 쪽을 보고 있었던 거다. 영주는 나와 눈이 마주치자 어색하게 웃었다. 나는 은비의 평온한 옆얼굴을 보면서 두 개의 감정을 동시에 느꼈다. 부러움과 서운함. 은비와 나는 중학교에 들어와 2년 연속 같은 반이 되었다. 아홉 개 반 중에서 같은 반이 될 확률은 높지 않았다. 보통 서너 명에 그친다. 더구나 지난해의 절친이 다시 같은 반이 될 확률은 정말 낮았다. 은비와 난 1학년 때 베프였다. 물론 지금은 더더더 베프다. 그런 은비가 지금 저렇게 무심하게 나를 돌아보지조차 않고 있다. 절친이란, 무슨 일이든 같이해야 하는 것 아닌가. 나는 그런 생각에 서운했다. 그러나 부러움이 더 컸다. '그건 옳지 않아.'라고 서슬 푸르게 손을 딱 떼 버리는 그 결단성. 부러움을 넘어서 그런 결단성을 가진 은비가 절친이라는 것이 은근히 자랑스러운 생각도 들었다. 하지만 허전함은 어쩔 수 없었다. 은비가 빠진 채 수박 문제를 해결해야 한다는 것이.
 지원이가 내 어깨를 툭 쳤다.
 "듣고 있어? 왜 대답을 안 해?"
 지원이, 인정이, 세영이가 모두 나를 보고 있었다.
 "으응, 뭐?"
 "기집애. 고새 딴생각을 하고 있냐? 화장실 가서 먹는 게 어떠냐고, 수박을."
 지원이가 낮은 소리로 속삭였다.
 "화장실에? ……."
 나는 잠깐 대답을 머뭇거렸다. 뭔가 불현듯 비겁하다는 생각이 들었다. 누군가 가꾼 수박을 딴 일차적인 잘못을 조금이나마 보상하려면 수박의 처리 문제는 공명정대해야 될 것 같았다. 우리끼리 숨어서 먹는 것은 잘못에 또 하나의 잘못을 더 얹는 게 아닐까. 나는 말했다.
 "아냐, 다 같이 먹자."
 "뭐?"
 지원이가 눈을 동그랗게 떴다. 세영이 인정이도 마찬가지였다.
 "담임 쌤 오시면 말해서, 애들 다 같이 먹자고."
 모든 수업이 끝났으므로, 담임이 종례를 하기 위해 곧 교실에 올 것이었다.
 "미쳤어? 벌점 먹을 거야."

"발바닥을 맞을지도 모르고."
"다른 애들한테 욕먹을걸."

셋이서 한마디씩 지껄였다. 나는 조용조용 차분하게 내 생각을 주장했다.

"담임 쌤이 말이야. '허헛 자식들, 왜 그랬어? 뭐 어쩌겠냐? 이왕 따 온 수박이니 나눠 먹자. 허헛.' 하고 말하실 것 같애. 그럼 얼마나 좋아. 우리 지금 이 찝찝한 기분도 다 없어지고, 친구들하고 다 같이 수박 한 쪽씩 먹고 말이야. 아, 수박이 한 개밖에 안 되니까 모자라면 우린 안 먹어도 되고. 난 이 방법이 가장 좋을 것 같아. 어때?"

"첩첩."

세영이가 침을 입속에서 모아 소리를 내더니 말했다.

"담임 쌤이 그렇게 안 나올 것 같은데. 평소에 하던 태도를 볼 작시면 말이지. 무조건 벌점 먹는다에 난 한 표!"

"난 발바닥 맞는다에 한 표! 넌 우리 학교 3대 악당을 너무 물렁하게 본단 말이야."

그렇다. 우리 담임은 60여 명에 이르는 교사들 중에 3대 악당으로 꼽힌다. 3대 악당 중에서도 첫 손가락이 틀림없을 거였다. 도교육청에서 학생인권조례를 만들고 절대, 결코, 교실에서 체벌이 있어선 안 된다고 지시가 내렸건만, 담임은 콧방귀였다. 두 팔을 머리 위로 쭉 뻗어서 의자를 들고 서 있기 5분은 기본이고, 툭 하면 발바닥을 회초리로 때렸다.

－너희가 학생 인권이 있다면 나에게는 교사 인권이 있다. 이게 나의 교권을 보호하는 최소한의 장치야.

담임은 주장이 분명했다. 그런 면에선 은비가 담임을 닮은 게 분명했다.

"너는 발바닥을 맞아 본 적이 없지? 공부를 잘하니까."

발바닥을 자주 맞는 인정이가 말했다. 정말 그렇다. 나는 발바닥을 맞아 본 적이 없다. 의자 들기는 단체 벌이므로 무조건 들어야 하지만, 발바닥 맞는 건 개인 징벌이었다.

인정이와 세영이의 극구 반대에 동참한다는 의미로 지원이도 말없이 고개를 천천히 흔들었다. 말 없는 지원이의 그 행동이 더욱 견고한 반대 표시로 느껴졌다. 난 답답했다. 왜 애들은 뉘우칠 줄을 모를까. 나도 이쯤에서 손을 떼 버릴까. 나는 다시 은비를 바라보았다. 초연하고 편안한 모습. 지원이의 우발적인 행동에 은비는 재빠른 판단으로 결단을 하였다. 하지만 난 어떤가. 우유부단한 나. 이러지도 저러지도 못하면서, 그 알량한 우정을 지킨다는 마음으로 잘못된 일에 동참하고 있지 않은가. 아니, 나도 사실 수박을 따고 싶었을지도 모른다. 지원이가 뚝 따 버렸을 때, '야아~' 하고 외쳤지만 속으로 슬며시 쾌감도 있었던 걸 희미하게 기억한다. 그런데 이제 와서 손을 떼겠다고? 나는 마음을 고쳐먹었다. 그리고 다시 한 번 아이들을 설득해 보았다.

"애들아, 그렇게 하자. 담임 쌤이 벌점 멕이면 먹고, 발바닥 때리면 맞자. 그게 속 편할 거 같애, 응?"

나는 애절하게 호소하는 눈빛을 세 친구에게 보냈다. 반응은 싸늘했다.

"난 못 해!"

인정이가 세차게 고개를 흔들었고, 지원인 되려 나를 설득했다.

"너 왜 그래? 넌 발바닥 안 맞아 봐서 모르는 거야. 마이 아파, 흑흑. 걍 우리끼리 먹어도 될 걸, 왜 일을 크게 만들어? 응? 화장실 가서 먹자, 응? 다정아."

지원이가 내 이름 다정이를 정말 다정하게 부르면서 말했다. 난 마음이 흔들렸다. 우유부단한 내 본색이 여지없이 드러나고 있었다. 우리 넷이 수박 처리에 대하여 합의를 보지 못하고 괴로워하고 있을 때, 담임이 불쑥 교실에 나타났다. 아이들이 제각각 떠들던 말소리를 낮추며 제자리를 찾아서 앉았다. 담임은 실내를 한 바퀴 빙 둘러본 다음, 천천히 말했다.

"오늘은 별일 있었니?"

"아뇨, 없었어요."

아이들이 늘 하던 습관처럼 합창을 했다. 담임은 만족스런 얼굴로 고개를 끄덕였다.

"좋아. 각자 위치로."

담임은 교실을 나갔다. 담임은 바람처럼 교실을 다녀간 것이다. 나는 수박 얘기를 할 틈을 결코 잡을 수 없었다. 아니 담임이 '별일 있었니?' 하고 물었을 때가 수박 이야기를 할 틈이었지만 나는 그런 용기가 없었다. 담임이 '별일 있었니?' 하고 물었을 때, 인정이, 지원이, 세영이가 한꺼번에 나를 쳐다봤었다. 그때 만약, 내가 '수박을 땄어요!' 하고 말했다면? 그건 친구들을 배반하는 행위일까, 친구들을 악에서 구하는 행위일까. 알 수 없는 일이다.

어쨌든 담임은 사라졌다. 담임이 긴 복도를 걸어 아래층으로 내려가는 것을 확인하고 돌아온 지원이가 말했다.

"화장실 가자. 수박 먹으러."

지원이의 목소리는 당당했다. 이제 나의 제안은 아무런 힘을 발휘할 수 없다는 걸 지원이는 너무나 잘 알고 있었던 거다. 그러니 남은 방법은 화장실행뿐이었으니. 그때 은비가 내게 가까이 다가와서 말했다.

"다정아, 나 먼저 가 있을게. 이따 보자."

은비가 먼저 가 있을 곳은 음악실이다. 대회가 얼마 남지 않아 방과 후에 합창 연습을 한 시간씩 한다. 은비와 나는 똑같이 알토 파트다. 은비는 수박이 숨겨져 있는 내 책상 밑을 슬쩍 한 번 보고 돌아서서 교실을 나갔다. 하나로 묶인 긴 머리카락을 찰랑이며 걸어가는 은비의 뒷모습이 무척 가벼워 보인다.

은비가 나간 뒤 돌발 사태가 벌어졌다. 갑자기 세영이가 수박을 덮은 자기 체육복을 들어 올린 것이다. 아직 교실엔 아이들이 여럿 남아 있는데도 말이다. 수박이 담긴 지원이의 신발주머니는 책상 밑에 있었으므로 물론 아이들에게 들키진 않았다.

"얘들아, 미안. 나 깜빡했어. 얼른 가 봐야 해. 늦으면 엄마한테 죽는당. 우리 가족 오늘 외할머니네 가걸랑. 생신이라서. 정말 미안, 미안. 나 갈게."

말을 하면서 교실을 나가던 세영이. 그래서 '나 갈게.'라는 말은, 복도에서 들려왔다. 엄청 바쁘고 급하다는 것이 그대로 행동에서 묻어났다. 세영이를 아무도 잡지 못했다. 아니 잡을 생각도 못했다는 게 맞는 말이다. 남은 인정이와 지원이, 나는 서로 멀뚱히 얼굴을 쳐다보았다. 세영이 다음은 인정이였다. 인정이가 얼굴을 살짝 붉히면서 말했다.

"저기, 있잖아. 나도 사실, 얼른 가야 되거든. 수박을 먹고 싶기는 하지만…… 나, 그냥 갈게. 미안해. 나~~ 간다."

인정이도 가방을 둘러메고 교실을 나갔다. 지원이와 나는 할 말이 없었다. 아니, 갑자기 우린 벙어리가 된 것이다. 지원이는 속으로 무슨 생각을 하고 있는지 모르겠지만, 나는 적잖이 당황스러웠다. 나도 가야 되는 건가? 수박을 딴 사람은 지원이니까, 지원이 보고 알아서 해결하라고 하면 그만 아닌가. 세영이도 인정이도 대놓고 그런 말은 없었지만, '미안해.'라는 말이 '지원이니 책임이야.'라는 말과 동의어로 쓴 것이 아닐까. 그렇다면 나도 '지원아, 미안하다.' 하고 가 버리면 그만 아닌가. 이런저런 생각이 머릿속에 줄지어 일어나는 통에 말을 못 하고 내가 우물거리고 있을 때, 지원이가 먼저 말했다.

"저, 다정아. 나도…… 가야 되는데. 어떡하지? 이 수박. 나 신발주머니 가져가야 되는데."

정말 뜻밖의 말이었다. 지원이의 말을 나는 얼른 이해할 수가 없었다.

"무, 무슨 말이야? 너도 간다고? 수박은 어떡하고."

"나도 집에 가야 되거든, 빨리. 니가 좀 해결할 수 없을까? 이 수박."

"나 혼자?"

"응. 다정아, 난 널 믿어, 헤헤. 넌 훌륭한 친구잖아. 공부도 잘하구."

지원이가 방글방글 웃는다. 나는 갑자기 이상하게 전개된 사태가 황당했지만, 지원이의 방실거리는 웃음은 너무 예뻤다. 마법에 홀리듯 나는 지원이의 웃음에 매료되었다*. 다른 이의 영혼을 몸에 실은 무당이 그 영혼이 시키는 대로 말을 하듯 내 입에선 이런 말이 나왔다.

"그래, 알았어. 내가 처리할게."

나는 말을 하는 내 입의 움직임을 느낄 수 없었다. 내 입에서 나와 내 귀에 들리는 목소리도 결코 내 것이 아니었다. 처음 듣는 듯한 낯선 목소리였다. 그러나 분명 그 말은 내 입에서 나오는 소리였다.

"내 가방에 넣어."

나는 내 가방에 있던 책을 꺼내, 책상 서랍 속에 넣고, 가방 주둥이를 쫙 벌렸다. 지원인 신발주머니의 수박을 잽싸게 옮겼다.

• 매료되다: 사람의 마음이 완전히 사로잡혀 홀리게 되다.

나는 재빨리 가방의 지퍼를 닫았다. 지원이가 해맑게 웃으며 내 어깨를 톡톡 쳤다.

"정말 정말 훌륭한 친구야, 다정이는."

"걱정 마. 잘됐지 뭐. 내가 집에 가져가서 먹을게."

나는 술술 말했다. '집에 가져가서 먹을게.' 라는 말을 하면서 나는 내 목소리를 되찾았다. 그건 분명 내 목소리였다. 아주 익숙했다. 나는 귀에 익은 내 목소리를 되찾자 마음이 편안해졌다.

'그래, 집에 가져가서 엄마랑 아빠랑 먹으면 되잖아. 뭐가 문제야.'

나는 그렇게 생각하자, 기분이 썩 유쾌해졌다. 지원이와 나는 가방을 메고 교실을 나섰다. 복도를 걸어가면서 지원이는 내 가방을 두 손으로 살살 쓰다듬었다.

"오동통통 수~박, 아 머꼬 시포."

혀짤배기 소리까지 해 가면서 지원이는 자꾸만 가방을 만져 댔다. 나는 사방을 둘러보면서 작은 소리로 주의를 줬다.

"그만 만져. 누가 본단 말이야."

"헤에, 보긴 누가 봐. 봐도 누가 알어. 이렇게 쏘옥 들어가 있는데, 가방 속에 말이야. 아, 맛있겠당."

지원이는 옆에서 걷다가 아예 내 뒤로 돌아가서 가방을 만지면서 걸어왔다. 나는 걸음을 딱 멈췄다. 계단을 다 내려와서, 음악실이 있는 별관으로 가는 길과 교문 쪽으로 가는 갈림길이 있는 화단 앞에 섰을 때였다. 이리저리 다니는 아이들이 꽤 많은 곳이다.

"진짜 그만해. 들킨다구."

"들키긴 뭘."

정말 알 수 없는 일이었다. 평소 같으면 내가 한 두어 번 주의를 주면, 곧 하던 행위를 멈추는 게 보통인데 오늘 지원인 뜻밖이었다. 지나칠 정도로 수박에 집착하는 모습이었다. 자기가 저지른 일에 대한 죄책감이 컸는데, 그것이 잘 해결된 것에 대한 감정이 넘친 게 아닐까, 그런 생각이 들기는 했다.

"고마워서 그래?"

"뭐라고?"

지원인 내 말을 못 알아들었다. 나는 나만의 생각을 불쑥 말했으므로, 지원이에게는 뜬금없기는 하겠다는 생각이 들었다. 나는 피식 웃으며 말을 수정했다.

"내가 수박 문제를 해결하니까, 고맙냐고."

"으응, 그렇지 뭐. 그래, 고맙다고 해야 되나? 너는 수박이 생겼는데, 나한테 안 고맙나? 이거 말이야."

지원인 또 가방을 건드렸다. 아주 수박의 선을 따라 두 손으로 동그라미를 그렸다. 둘이 그러고 섰을 때, 같은 반 친구인 민아가 다가왔다.

"너희들 뭐 해? 다정이 가방에 뭐 있어? 먹는 거지?"

"아…… 아니."

내가 약간 말을 더듬었다. 얼굴에 조금 당황스러워하는 빛도 나타났으리라. 민아가 그걸 놓칠 리가 없다.

"이거, 수상한데. 뭐야? 과자야? 같이 먹자야. 친구 좋은 게 뭐니. 우린 같은 반에다, 합창도 같이 하잖아. 이게 보통 인연이야? 맛있는 건 같이 먹어야지. 가방 속에 꽁꽁 숨겨 두고 혼자 먹을 거야? 그럼 배탈 나. 안 그래? 지원아?"

어휴, 기집애. 뭐 이런 수다쟁이가 다 있나. 그 짧은 순간에 많이도 주워섬겼다˙. 민아가 자기 이름을 부르면서 의견을 묻자 지원인 피식 웃었다.

"그, 그래. 같이 먹어야지."

"맞지? 지원이 너도 그렇게 생각하지? 보자, 뭔가. 되게 궁금해."

민아는 물을 차고 날아오르는 제비보다도 빠른 속도로 내 가방의 지퍼를 열었다. 나는 눈을 뜬 채로 코를 베인다는 게 꼭 이런 심정이겠구나, 하는 생각이 들었다.

"엥? 이게 뭐야? 이거 진짜야, 모조품이야?"

"진짜야."

나는 얼른 가방을 벗어서 가슴에 안으며 지퍼를 닫았다. 민아가 가방을 뺏으려 대들며 물었다.

"그거 어디서 난 거야? 혹시, 조회대 옆에서 딴 거?"

가슴이 콕 찔렸다. 지원이도 똑같은 느낌이었나 보다. 입을 삐죽하며 나에게 두 손을 벌려 보였다. 말없이 선 지원이와 나를 번갈아 보며 민아가 말했다.

"맞구나. 헐, 대박! 야, 뭔 짓을 한 거니? 니들 큰났다. 그거 교

˙ 주워섬기다: 들은 대로 본 대로 이러저러한 말을 아무렇게나 늘어놓다.

장 쌤 수박이야."

"뭐?"

두 사람 입에서 놀란 소리가 터져 나왔다. 아마 이때 지원이와 내 눈의 크기는 황소 눈만 했을 것이다.

"몰랐어? 교장 쌤이 지극정성으로 가꾼다고 소문이 짜하잖아*. 그거 모르는 애들 없는데, 이상하네. 니들은 그걸 알고도 딴 거? 교장 쌤한데 뭐, 저항할 거 있삼?"

교장 쌤의 얼굴이 절로 떠오른다. 평소에도 눈꼬리가 위로 살짝 들려 있고, 눈꼬리를 따라서인지는 몰라도 입꼬리도 들려 있는 세모꼴 얼굴. 교장 쌤의 별명은 늙은 여우였다. 눈빛 하나만으로도 전교생을 침묵시킬 수 있는, 그 카리스마. 지원이는 금세 울상이 되었다.

"어, 어떡하지?"

"뭘 어떡해. 빨리 돌려놔야지."

민아가 시원시원하게 말했다. 무슨 말인지 감은 잡았으나, 나는 확인하기 위하여 다시 물었다.

"돌려놓다니?"

"수박을 있던 데 갖다 놓으라고."

"딴 거를? 그건 양심을 속이는 일이잖아."

"허허 참, 지금 양심 따지게 생겼니? 교장 쌤이 알면 너 감당할

---

* 짜하다: 퍼진 소문이 왁자하다.

수 있어?"

"……."

나는 선뜻 대답을 못 했다. 지원이가 내 손을 잡아끌었다.

"다정아, 민아 말대로 하자. 얼른 수박 갖다 놓자. 갖다 놓고 집에 가게. 응?"

지원인 벌레 씹은 얼굴이 되어 있다. 조금 전 교실에서 나와 건물 계단을 내려올 때 즐거워하던 얼굴과는 전혀 딴판이다. 나는 망설여졌다. 이건 작은 잘못에 대한 징벌을 피하기 위하여 더 큰 잘못을 저지르는 게 틀림없다는 생각이 들었다. 강력 접착제가 땅과 내 발바닥을 붙여 놓은 느낌이 들었다. 지원이와 민아가 나를 잡아당겼지만 내 발은 떨어지지 않았다.

"지원아, 이건 아닌 거 같아."

"뭐가, 아냐. 빨리 갖다 놓고 가자. 에이, 짜증 난다, 정말. 망할 수박."

지원이 말이 거칠어졌다. 얼굴도 많이 일그러졌다.

"너 가기 싫으면 내가 할게. 가방 이리 줘. 어차피 내가 땄으니까, 내 거잖아."

지원이가 가방을 잡고 뺏으려 들었다. 나는 가방을 강하게 잡았다. 지원이보다는 내가 힘에 있어서 한 수 위다. 지원이는 힘이 약해 맘대로 되지 않자, 발을 구르며 식식거렸다. 눈에선 불꽃이 튀는 것 같았다.

"너 정말 왜 그래? 너만 양심적이야? 나는 도둑이구?"

지원인 말을 하다 보니까, 더욱 화가 나는 모양이었다. 마침내 우리가 친한 친구라는 것도 잊어버린 게 틀림없었다. 나에게 이런 말을 쏟아 놓고 뛰어가 버렸다.

"그래, 잘난 니가 알아서 해. 난 갈 거야."

정말, 진짜, 욱하기 대장, 지원이답다. 나는 달아나는 지원이 뒷모습을 보면서도 실감이 나지 않았다. 누가 보더라도 지원이는 저렇게 가 버려선 안 되는 거였다. 어째서 이런 비현실적인 일이 현실에서 일어나고 있는 것인지 알 수 없었다.

지원이와 내가 아옹다옹하는 걸, 안쓰럽게 바라보고 있던 민아도 슬금슬금 뒷걸음질을 치더니 돌아서서 별관 음악실로 가 버렸다. 마침내, 나는 우두커니 혼자 서 있게 되었다. 갑자기 가방이 너무나 무거웠다. 마치 가방 안에 바윗덩어리라도 든 것 같았다. 가방을 들고 서 있기가 어려웠다. 나는 그대로 주저앉았다.

'이게 무슨 일이지. 도대체 오늘 무슨 일이 일어난 거야?'

나는 지퍼를 조금 열어서 수박을 내려다보았다. 수박은 가방 안에서 싱싱했다. 날은 더워 땀이 흐른다. 녹색 바탕에 검푸른 줄이 죽죽 그어진 그 수박을 바라보고 있자니, 입속에 침이 고인다.

'이걸 어찌해야 하나?'

반을 뚝 갈라 랩을 씌워 냉장고에 넣어 뒀다가 먹거나, 고무 함지*에 얼음덩이와 함께 통째로 넣어 뒀다가 큼직하게 쩍쩍 갈라

---

* 함지: 나무의 속을 파서 큰 바가지같이 만든 그릇

먹었으면. 혹시 또 아나. 요즘 사이가 그리 좋지 않은 엄마, 아빠에게 이 수박이 한 번 웃음을 줄지도 모른다. 저녁에 수박 파티를 벌이면서, '그게 학교 화단에 있었어? 웃긴다, 얘.'라는 엄마 말에, 유쾌한 한때가 될 수도 있다.

나는 수박을 바라보며 생각에 잠겼다. 쉽게 결단을 내리지 못하는 나의 우유부단한 성격이 밉다는 생각이 간절했다. 얼마나 지났을까, 고민의 늪에 푹 빠진 내 어깨를 건드리는 손이 있었다. 은비였다.

"여기 있을 거라고 해서……. 민아가."

"……."

나는 하마터면 눈물을 찔끔거릴 뻔했다.

"그거 어쩌려고?"

은비가 손가락으로 내 가방을 가리켰다. 정확하게 말하자면 수박을 가리킨 것이지만.

"글쎄, 어, 어쩌지?"

"있던 데 갖다 둬. 끌어안고 끙끙대지 말고."

역시 은비는 울트라 쿨녀다. 아니, 명쾌하다고 해야 하나. 나는 천천히 일어섰다. 그런 내 망설임을 은비는 두고 보지 않는다.

"합창 쌤 아까 오셨어. 빨리 가야 돼."

은비가 내 손을 잡아끌었을 때, 내 발은 아주 쉽게 움직였다. 조회대 옆으로 가서, 수박을 제자리에 놓았다. 내가 가방에서 수박을 꺼낼 때, 은비가 옷을 좍 펴서 가려 주었다. 은비와 손을 잡

고 음악실로 걸어가는 발걸음은 날아가는 것 같았다. 등에 멘 가방이 날개로 변한 것인지도 몰랐다.

  은비가 내 손을 잡았을 때, 나는 모든 걸 다 잊어버렸다. 꼭지가 떨어진 수박을 마치 처음부터 따지 않았던 것처럼 제자리에 돌려놓는 것이 얼마나 기만적*인 일인지도. 줄기에서 분리되어 물을 공급받지 못해 배배 뒤틀려 마르다가 썩어 갈 수박의 아픔 따위도. 그런 것들은 나의 양심을 건드리지 않았다. 다만 은비의 손이 따뜻했을 뿐이었다.

• 기만적: 남을 그럴듯하게 속이거나 속여 넘기는

3

동백꽃

김유정

어떻게 읽을까?

① 등장인물들의 성격의 특징을 살펴보세요.
② 작품 속에서 겉으로 드러나는 갈등과 숨겨져 있는 갈등을 찾아보세요.

오늘도 또 우리 수탉이 막 쪼이었다. 내가 점심을 먹고 나무를 하러 갈 양으로 나올 때였다. 산으로 올라서려니까 등 뒤에서 푸드득, 푸드득, 하고 닭의 횃소리*가 야단이다. 깜짝 놀라서 고개를 돌려 보니 아니나 다르랴 두 놈이 또 얼렸다.

점순네 수탉(은 대강이가 크고 똑 오소리같이 실팍하게** 생긴 놈)이 덩저리*** 작은 우리 수탉을 함부로 해내는**** 것이다. 그것도 그냥 해내는 것이 아니라 푸드득, 하고 면두*****를 쪼고 물러섰다가 좀 사이를 두고 또 푸드득, 하고 모가지를 쪼았다. 이렇게 멋을 부려 가며 여지없이 닦아 놓는다. 그러면 이 못생긴 것은 쪼일 적마다 주둥이로 땅을 받으며 그 비명이 킥, 킥, 할 뿐이다. 물론 미처 아물지도 않은 면두를 또 쪼이어 붉은 선혈은 뚝뚝 떨어진다.

이걸 가만히 내려다보자니 내 대강이가 터져서 피가 흐르는 것같이 두 눈에서 불이 번쩍 난다. 대뜸 지게막대기를 메고 달려들어 점순네 닭을 후려칠까 하다가 생각을 고쳐먹고 헛매질로 떼어

---

* 횃소리: 닭이나 새 따위가 날개를 벌리고 탁탁 치는 소리
** 실팍하다: 사람이나 물건 따위가 보기에 매우 실하다.
*** 덩저리: '몸집'을 낮잡아 이르는 말
**** 해내다: 상대편을 여지없이 이겨 내다.
***** 면두: '볏'의 방언

만 놓았다.

이번에도 점순이가 쌈을 붙여 났을 것이다. 바짝바짝 내 기를 올리느라고 그랬음에 틀림없을 것이다. 고놈의 계집애가 요새로 들어서서 왜 나를 못 먹겠다고 고렇게 아르릉거리는지 모른다.

나흘 전 감자 쪼간*만 하더라도 나는 저에게 조금도 잘못한 것은 없다.

계집애가 나물을 캐러 가면 갔지 남 울타리 엮는 데 쌩이질**을 하는 것은 다 뭐냐. 그것도 발소리를 죽여 가지고 등 뒤로 살며시 와서

"얘! 너 혼자만 일하니?"

하고 긴치 않은 수작을 하는 것이다.

어제까지도 저와 나는 이야기도 잘 않고 서로 만나도 본척만척하고 이렇게 점잖게 지내던 터이련만 오늘로 갑작스레 대견해졌음은 웬일인가. 항차*** 망아지만 한 계집애가 남 일하는 놈 보구…….

"그럼 혼자 하지 떼루 하듸?"

내가 이렇게 내뱉는 소리를 하니까

"너 일하기 좋니?"

또는

---

* 쪼간: 어떤 사건이나 일
** 쌩이질: 한창 바쁠 때에 쓸데없는 일로 남을 귀찮게 구는 짓
*** 항차: 하물며

"한여름이나 되거든 하지 벌써 울타리를 하니?"

잔소리를 두루 늘어놓다가 남이 들을까 봐 손으로 입을 틀어막고는 그 속에서 깔깔댄다. 별로 우스울 것도 없는데 날씨가 풀리더니 이놈의 계집애가 미쳤나 하고 의심하였다. 게다가 조금 뒤에는 즈 집께를 할금할금 돌아다보더니 행주치마의 속으로 꼈던 바른손을 뽑아서 나의 턱 밑으로 불쑥 내미는 것이다. 언제 구웠는지 아직도 더운 김이 홱 끼치는 굵은 감자 세 개가 손에 뿌듯이 쥐였다.

"느 집엔 이거 없지?"

하고 생색 있는 큰소리를 하고는 제가 준 것을 남이 알면 큰일 날 테니 여기서 얼른 먹어 버리란다. 그리고 또 하는 소리가

"너, 봄 감자가 맛있단다."

"난 감자 안 먹는다, 니나 먹어라."

나는 고개도 돌리려 하지 않고 일하던 손으로 그 감자를 도로 어깨 너머로 쑥 밀어 버렸다.

그랬더니 그래도 가는 기색이 없고, 뿐만 아니라 쌔근쌔근하고 심상치 않게 숨소리가 점점 거칠어진다. 이건 또 뭐야, 싶어서 그때에야 비로소 돌아다보니 나는 참으로 놀랐다. 우리가 이 동리에 온 것은 근 3년째 되어 오지만 여태껏 가무잡잡한 점순이의 얼골*이 이렇게까지 홍당무처럼 새빨개진 법이 없었다. 게다 눈에

• 얼골: 얼굴

독을 올리고 한참 나를 요렇게 쏘아보더니 나중에는 눈물까지 어리는 것이 아니냐. 그리고 바구니를 다시 집어 들더니 이를 꼭 악물고는 엎드러질 듯 자빠질 듯 논둑으로 횡하게 달아나는 것이다.

어쩌다 동리 어른이

"너 얼른 시집을 가야지?"

하고 웃으면

"염려 마셔유. 갈 때 되면 어련히 갈라구!"

이렇게 천연덕스레 받는 점순이었다. 본시 부끄럼을 타는 계집애도 아니거니와 또한 분하다고 눈에 눈물을 보일 얼병이*도 아니다. 분하면 차라리 나의 등어리**를 보구니***로 한번 모질게 후려 쌔리고 달아날지언정.

그런데 고약한 그 꼴을 하고 가더니 그 뒤로는 나를 보면 잡아먹으려고 기를 복복 쓰는 것이다.

설혹 주는 감자를 안 받아먹은 것이 실례라 하면, 주면 그냥 주었지 '느 집엔 이거 없지?'는 다 뭐냐. 그렇잖아도 저희는 마름****이고 우리는 그 손에서 배재*****를 얻어 땅을 부치므로 일상 굽실거린다. 우리가 이 마을에 처음 들어와 집이 없어서 곤란으로 지

---

* 얼병이: '얼뜨기'의 방언. 겁이 많고 어리석으며 다부지지 못하여 어수룩하고 얼빠져 보이는 사람을 낮잡아 이르는 말
** 등어리: '등'의 방언
*** 보구니: 바구니
**** 마름: 지주를 대리하여 소작권을 관리하는 사람
***** 배재: 땅을 소작할 수 있는 권리

낼 제 집터를 빌리고 그 위에 집을 또 짓도록 마련해 준 것도 점순네의 호의였다. 그리고 우리 어머니 아버지도 농사 때 양식이 딸리면* 점순네한테 가서 부지런히 꾸어다 먹으면서 인품 그런 집은 다시없으리라고 침이 마르도록 칭찬하고 하는 것이다. 그러면서도 열일곱씩이나 된 것들이 수군수군하고 붙어 다니면 동리의 소문이 사납다고 주의를 시켜 준 것도 또 어머니였다. 왜냐하면 내가 점순이하고 일을 저질렀다가는 점순네가 노할 것이고, 그러면 우리는 땅도 떨어지고 집도 내쫓기고 하지 않으면 안 되는 까닭이었다.

그런데 이놈의 계집애가 까닭 없이 기를 복복 쓰며 나를 말려

* 딸리다: 재물이나 기술, 힘 따위가 모자라다. '달리다'와 같은 뜻

죽이려고 드는 것이다.

　눈물을 흘리고 간 그담 날 저녁나절이었다. 나무를 한 짐 잔뜩 지고 산을 내려오려니까 어디서 닭이 죽는 소리를 친다. 이거 뉘 집에서 닭을 잡나, 하고 점순네 울 뒤로 돌아오다가 나는 고만 두 눈이 뚱그레졌다. 점순이가 저희 집 봉당*에 홀로 걸터앉았는데, 아 이게 치마 앞에다 우리 씨암탉을 꼭 붙들어 놓고는
　"이놈의 닭! 죽어라, 죽어라."
　요렇게 암팡스레 패 주는 것이 아닌가. 그것도 대가리나 치면 모른다마는 아주 알도 못 낳으라고 그 볼기짝께를 주먹으로 콕콕 쥐어박는 것이다.
　나는 눈에 쌍심지가 오르고 사지가 부르르 떨렸으나 사방을 한 번 휘돌아보고 그제야 점순이 집에 아무도 없음을 알았다. 잡은 참 지게막대기를 들어 울타리의 중턱을 후려치며
　"이놈의 계집애! 남의 닭 알 못 낳으라구 그러니?"
하고 소리를 빽 질렀다.
　그러나 점순이는 조금도 놀라는 기색이 없고 그대로 의젓이 앉아서 제 닭 가지고 하듯이 또 죽어라, 죽어라 하고 패는 것이다. 이걸 보면 내가 산에서 내려올 때를 겨냥해 가지고 미리부터 닭을 잡아 가지고 있다가 네 보란 듯이 내 앞에서 쥐지르고** 있음이 확실하다.

---

* 봉당: 안방과 건넌방 사이의 마루를 놓을 자리에 마루를 놓지 아니하고 흙바닥 그대로 둔 곳
** 쥐지르다: 주먹으로 힘껏 내지르다라는 뜻의 '쥐어지르다'의 방언

그러나 나는 그렇다고 남의 집에 뛰어들어 가 계집애하고 싸울 수도 없는 노릇이고 형편이 썩 불리함을 알았다. 그래 닭이 맞을 적마다 지게막대기로 울타리나 후려칠 수밖에 별도리가 없다. 왜냐하면 울타리를 치면 칠수록 울섶이 물러앉으며 뼈대만 남기 때문이다. 허나 아무리 생각하여도 나만 밑지는 노릇이다.

"아, 이년아! 남의 닭 아주 죽일 터이냐?"

내가 도끼눈을 뜨고 다시 꽥 호령을 하니까 그제야 울타리께로 쪼르르 오더니 울 밖에 섰는 나의 머리를 겨누고 닭을 내팽개친다.

"에이, 더럽다! 더럽다!"

"더러운 걸 널더러 입때 끼고 있으랬니? 망할 계집애 년 같으니."

하고 나도 더럽단 듯이 울타리께를 횡하게 돌아내리며 약이 오른 것은 암탉이 풍기는 서슬에 나의 이마빼기에다 물찌똥*을 찍 갈겼는데 그걸 본다면 알집만 터졌을 뿐 아니라 골병은 단단히 든 듯싶기 때문이다.

그리고 나의 등 뒤를 향하여 나에게만 들릴 듯 말 듯한 음성으로

"이 바보 녀석아!"

"얘! 너 배냇병신**이지?"

그만도 좋으련만

"얘! 너 느 아버지가 고자라지?"

---

* 물찌똥: 설사할 때 나오는, 물기가 많은 묽은 똥
** 배냇병신: '선천 기형'을 낮잡아 이르는 말

"뭐? 울 아버지가 그래 고자야?"

할 양으로 열벙거지*가 나서 고개를 홱 돌리어 바라봤더니 그때까지 울타리 위로 나와 있어야 할 점순이의 대가리가 어디 갔는지 보이지를 않는다. 그러다 돌아서서 오자면 아까에 한 욕을 울 밖으로 또 퍼붓는 것이다. 욕을 이토록 먹어 가면서도 대거리 한마디도 못하는 걸 생각하니 돌부리에 채키어 발톱 밑이 터지는 것도 모를 만치 분하고 급기야는 두 눈에 눈물까지 불끈 내솟는다.

그러나 점순이의 침해는 이것뿐이 아니다.

사람들이 없으면 틈틈이 저의 집 수탉을 몰고 와서 우리 수탉과 쌈을 붙여 놓는다. 저의 집 수탉은 썩 험상궂게 생기고 쌈이라면 회를 치는 고로** 으레 이길 것을 알기 때문이다. 그래서 툭하면 우리 수탉이 면두며 눈깔이 피로 흐드르하게 되도록 해 놓는다. 어떤 때에는 우리 수탉이 나오지를 않으니까 요놈의 계집애가 모이를 쥐고 와서 꾀어내다가 쌈을 붙인다.

이렇게 되면 나도 다른 배채***를 차리지 않을 수 없다. 하루는 우리 수탉을 붙들어 가지고 넌지시 장독께로 갔다. 쌈닭에게 고추장을 먹이면 병든 황소가 살모사를 먹고 용을 쓰는 것처럼 기운이 뻗친다 한다. 장독에서 고추장 한 접시를 떠서 닭 주둥아리께로 들이밀고 먹여 보았다. 닭도 고추장에 맛을 들였는지 거스

• 열벙거지: 매우 급하게 치밀어 오르는 화증인 '열화'를 속되게 이르는 말
•• 회를 치는 고로: 대단히 신이 나서, 좋아해서
••• 배채: 대책, 방도

르지 않고 거의 반 접시 턱이나 곧잘 먹는다.

그리고 먹고 금세는 용을 못 쓸 터이므로 얼마쯤 기운이 돌도록 홰 속에다 가두어 두었다.

밭에 두엄을 두어 짐 져 내고 나서 쉴 참에 그 닭을 안고 밖으로 나왔다. 마침 밖에는 아무도 없고 점순이만 저희 울안에서 헌 옷을 뜯는지 혹은 솜을 타는지 옹크리고 앉아서 일을 할 뿐이다.

나는 점순네 수탉이 노는 밭으로 가서 닭을 내려놓고 가만히 맥을 보았다. 두 닭은 여전히 얼려 쌈을 하는데 처음에는 아무 보람이 없다. 멋지게 쪼는 바람에 우리 닭은 또 피를 흘리고 그러면서도 날갯죽지만 푸드득, 푸드득, 하고 올라 뛰고 뛰고 할 뿐으로 제법 한 번 쪼아 보지도 못한다.

그러나 한번은 어쩐 일인지 용을 쓰고 펄쩍 뛰더니 발톱으로 눈을 하비고* 내려오며 면두를 쪼았다. 큰 닭도 여기에는 놀랐는지 뒤로 멈씰하며** 물러난다. 이 기회를 타서 작은 우리 수탉이 또 날쌔게 덤벼들어 다시 면두를 쪼니 그제서는 감때사나운*** 그 대강이에서도 피가 흐르지 않을 수 없다.

옳다, 알았다, 고추장만 먹이면 되는구나 하고 나는 속으로 아주 쟁그러워**** 죽겠다. 그때에는 뜻밖에 내가 닭쌈을 붙여 놓는

---

* 하비다: 손톱이나 날카로운 물건 따위로 조금 긁어 파다.
** 멈씰하다: '멈칫하다'의 방언
*** 감때사납다: 억세고 사납다. 험하고 거칠다.
**** 쟁그럽다: 경쟁자의 실패가 마음이 간지러울 정도로 썩 고소하다.

데 놀라서 울 밖으로 내다보고 섰던 점순이도 입맛이 쓴지 살*을 찌푸렸다.

　나는 두 손으로 볼기짝을 두드리며 연방
　"잘한다! 잘한다!"
하고 신이 머리끝까지 뻗쳤다.

　그러나 얼마 되지 않아서 나는 넋이 풀려 기둥같이 묵묵히 서 있게 되었다. 왜냐면 큰 닭이 한 번 쪼인 앙가프리**로 허들갑스레 연거푸 쪼는 서슬에 우리 수탉은 찔끔 못 하고 막 곯는다. 이걸 보고서 이번에는 점순이가 깔깔거리고 되도록 이쪽에서 많이 들으라고 웃는 것이다.

　나는 보다 못하여 덤벼들어서 우리 수탉을 붙들어 가지고 도로 집으로 들어왔다. 고추장을 좀 더 먹였더라면 좋았을걸, 너무 급하게 쌈을 붙인 것이 퍽 후회가 난다. 장독께로 돌아와서 다시 턱 밑에 고추장을 들여댔다. 흥분으로 말미암아 그런지 당최 먹질 않는다.

　나는 하릴없이 닭을 반듯이 눕히고 그 입에다 권연*** 물뿌리****를 물렸다. 그리고 고추장 물을 타서 그 구멍으로 조금씩 들이부었다. 닭은 좀 괴로운지 킥킥, 하고 재채기를 하는 모양이나 그러

---

* 살: 눈살
** 앙가프리: '앙갚음'의 방언
*** 권연: 얇은 종이로 가늘고 길게 말아 놓은 담배인 궐련의 원말
**** 물뿌리: 담배를 끼워서 빠는 물건인 '물부리'의 방언

나 당장의 괴로움은 매일같이 피를 흘리는 데 댈 게 아니라 생각하였다.

그러나 한 두어 종지가량 고추장 물을 먹이고 나서는 나는 고만 풀이 죽었다. 싱싱하던 닭이 왜 그런지 고개를 살며시 뒤틀고는 손아귀에서 뻐드러지는* 것이 아닌가. 아버지가 볼까 봐서 얼른 홰에다 감추어 두었더니 오늘 아침에서야 겨우 정신이 든 모양 같다.

그랬던 걸 이렇게 오다 보니까 또 쌈을 붙여 놨으니 이 망할 계집애가 필연 우리 집에 아무도 없는 틈을 타서 제가 들어와 홰에서 꺼내 가지고 나간 것이 분명하다.

나는 다시 닭을 잡아다 가두고 염려는 스러우나 그렇다고 산으로 나무를 하러 가지 않을 수도 없는 형편이었다.

소나무 삭정이**를 따며 가만히 생각해 보니 암만해도 고년의 목쟁이를 돌려놓고 싶다. 이번에 내려가면 망할 년 등줄기를 한번 되게 후려치겠다 하고 싱둥겅둥 나무를 지고는 부리나케 내려왔다.

거지반 집께 다 내려와서 나는 호들기*** 소리를 듣고 발이 딱 멈추었다. 산기슭에 널려 있는 굵은 바윗돌 틈에 노란 동백꽃이 소보록하니 깔렸다. 그 틈에 끼어 앉아서 점순이가 청승맞게시리

---

* 뻐드러지다: 굳어서 뻣뻣하게 되다.
** 삭정이: 살아 있는 나무에 붙어 있는, 말라 죽은 가지
*** 호들기: '호드기'의 방언. 식물의 짤막한 줄기로 만든 피리

호들기를 불고 있는 것이다. 그보다 더 놀란 것은 그 앞에서 또 푸드득, 푸드득, 하고 들리는 닭의 횃소리다. 필연코 요년이 나의 약을 올리느라고 또 닭을 집어내다가 내가 내려올 길목에다 쌈을 시켜 놓고 저는 그 앞에 앉아서 천연스레 호들기를 불고 있음에 틀림없으리라.

나는 약이 오를 대로 다 올라서 두 눈에서 불과 함께 눈물이 퍽 쏟아졌다. 나무 지게도 벗어 놓을 새 없이 그대로 내동댕이치고는 지게막대기를 뻗치고 허둥지둥 달려들었다.

가차이 와 보니 과연 나의 짐작대로 우리 수탉이 피를 흘리고 거의 빈사지경*에 이르렀다. 닭도 닭이려니와 그러함에도 불구하

* 빈사지경: 거의 죽게 된 처지나 형편

고 눈 하나 깜짝 없이 그대로 앉아서 호들기만 부는 그 꼴에 더욱 치가 떨린다. 동리에서도 소문이 났거니와 나도 한때는 걱실걱실 일 잘하고 얼굴 이쁜 계집애인 줄 알았더니 시방 보니까 그 눈깔이 꼭 여호* 새끼 같다.

　나는 대뜸 달려들어서 나도 모르는 사이에 큰 수탉을 단매로 때려 엎었다. 닭은 푹 엎어진 채 다리 하나 꼼짝 못하고 그대로 죽어 버렸다. 그리고 나는 멍하니 섰다가 점순이가 매섭게 눈을 홉뜨고 닥치는 바람에 뒤로 벌렁 나자빠졌다.

　"이놈아! 너 왜 남의 닭을 때려죽이니?"

　"그럼 어때?"

하고 일어나다가

　"뭐, 이 자식아! 누 집 닭인데?"

하고 복장**을 떼미는 바람에 다시 벌렁 자빠졌다. 그러고 나서 가만히 생각을 하니 분하기도 하고 무안도 스럽고 또 한편 일을 저질렀으니 인젠 땅이 떨어지고 집도 내쫓기고 해야 되는지 모른다.

　나는 비슬비슬 일어나며 소맷자락으로 눈을 가리고는 얼김에 엉, 하고 울음을 놓았다. 그러다 점순이가 앞으로 다가와서

　"그럼 너 이담부팀 안 그럴 테냐?"

하고 물을 때에야 비로소 살길을 찾은 듯싶었다. 나는 눈물을 우선 씻고 뭘 안 그러는지 명색도 모르건만

- 여호: '여우'의 방언
- 복장: 가슴의 한복판

"그래!"
하고 무턱대고 대답하였다.
"요담부터 또 그래 봐라. 내 자꾸 못살게 굴 테니!"
"그래그래, 인젠 안 그럴 테야!"
"닭 죽은 건 염려 마라. 내 안 이를 테니."
그리고 뭣에 떠다밀렸는지 나의 어깨를 짚은 채 그대로 픽 쓰러진다. 그 바람에 나의 몸뚱이도 겹쳐서 쓰러지며 한창 피어 퍼드러진 노란 동백꽃 속으로 폭 파묻혀 버렸다.
알싸한* 그리고 향긋한 그 내음새에 나는 땅이 꺼지는 듯이 온 정신이 그만 아찔하였다.
"아무 말 마라."
"그래!"
조금 있더니 요 아래서
"점순아! 점순아! 이년이 바느질을 하다 말구 어딜 갔어."
하고 어딜 갔다 온 듯싶은 그 어머니가 역정이 대단히 났다.
점순이가 겁을 잔뜩 집어먹고 꽃 밑을 살금살금 기어서 산 알로** 내려간 다음 나는 바위를 끼고 엉금엉금 기어서 산 위로 치빼지*** 않을 수 없었다.

---

* 알싸하다: 매운맛이나 독한 냄새 따위로 코 속이나 혀끝이 알알하다.
** 알로: 아래로
*** 치빼다: 냅다 달아나다.

오마니별

김원일

어떻게 읽을까?

① 주인공이 살아왔던 시대를 이해하면서, 전쟁이 개인에게 남긴 상처에 대해 생각해 보세요.
② 오랜 세월 헤어졌던 가족을 만난 주인공의 감정은 어땠을지 상상해 보세요.

1

"조 씨 있는가?"

하고 부르는 소리가 길 아래쪽에서 들렸다. 전지 불빛이 마당 입구를 스쳐갔다. 어스름은 늘 골짜기 아래에서부터 바람을 몰아왔고, 등성이를 타고 오른 바람이 펼친 치마폭인 듯 산을 흔들며 훑어 나갔다. 느릅나무와 개암나무가 스산스레 잎을 지웠다. 마당을 덮은 가랑잎이 아이들 줄 세우듯 가지런히 선 참깨 묶음을 비껴 언덕 아래로 쓸려 갔다. 전지 불빛이 마당까지 올라오자 불빛과 인기척을 알아챈 염소 우리의 염소들이 기척을 내며 수런댔다*. 울은커녕 삽짝**조차 없는 마당으로 당주골 이장 황 씨가 들어섰다. 이장 손에 들린 전지 불빛이 툇마루에 나앉은 조 씨를 집어냈다.

"귀신 나오겠군. 왜 불도 안 켜고 우두커니 앉았어."

가는귀먹은 조 씨라 황 이장이 큰 소리로 나무라곤, 마루로 올라와 손수 형광등을 켰다. 전구가 몇 번 깜박거리더니 흐릿한 빛을 냈다.

* 수런대다: 여러 사람이 한데 모여 수선스럽게 자꾸 지껄이다.
** 삽짝: 나뭇가지를 엮어 만든 문짝인 사립짝의 준말

"전구를 갈아야겠군. 저녁은 먹었어?"

"암, 한술 떴지."

시무룩한 조 씨 말에 황 이장이 전기 코드가 꽂힌 전기밥통 뚜껑을 열었다. 두 끼니쯤 밥이 남아 있었다. 흠투성이 낡은 두레상에는 치우지 않은 먹다 남긴 밥그릇에 찬이라곤 김치, 멸치조림, 새우젓이 고작이었다. 홀아비 노인의 지지리 궁상에 이장이, 나이도 있는데 이렇게 먹어서야 어떻게 힘을 써 하곤 혀를 찼다. 저녁 찬으로 먹고 온 김치찌개며 된장국이 남았다면 처에게 가져다 주라 일러야겠다고 생각했다.

"자네 어디 갔더랬어?"

"뭐라구?"

"낮에 말야."

목을 빼고 꾸부정히 앉은 조 씨가 대답을 않다 허리 뒤를 가만가만 주물렀다. 이장이 허리가 아프냐고 물었다. 조 씨가 아니야, 괜찮아 하며 호작질*하다 들킨 아이처럼 하던 동작을 멈추었다. 낮참에 조 씨는 염소들을 몰고 범바위로 올라갔다가 새끼 염소 한 마리가 엇길을 놓기에 그놈 뒤를 쫓다 허방에 발을 접질려 바위에 허리를 찧은 게 시큰하게 둔통이 왔던 것이다. 조 씨는 풀을 한 짐 베어서 지게에 지곤 여덟 마리 염소를 몰고 절름거리며 집으로 돌아왔다. 아예 일을 작파해** 참깨털이도 제쳐 두고 방 안

* 호작질: 손장난
** 작파하다: 어떤 계획이나 일을 중도에서 그만두어 버리다.

에 늘어져 누웠다가 저녁밥 한술도 뜨다 말다 했다. 한 해 다르게 염소치기며 밭농사가 힘에 부치는 조 씨에게 그런 실수는 이제 흔한 일이 되고 말았다.

"낮에 말일세, 분교 선생이 마을로 올라왔어. 자네 만나러 집에 들렀더니 없더라며 내일 다시 오겠다더군."

"뭐라구, 선생이?"

"그래, 선생이."

황 이장이 뜸을 들였다가 조 씨 곁에 바투 앉아 큰 소리를 내질렀다.

"자네한테 손위 누이가 있었다고 했지? 전쟁 때 잃었다는 누님 말야? 그건 기억하고 있잖는가."

"암, 누이가 있었어. 폭격 맞고 죽었지. 그런데 왜?"

조 씨가 머리를 틀고 침침한 눈을 닦으며 물었다.

1951년 초다듬* 그해 첫겨울, 조 씨는 손위 누이가 비행기 폭격에 죽었다 믿고 있었다. 엄마도 그렇게 폭격 맞고 운신 못한 끝에 숨을 거두었다. 조 씨는 엄마가 숨 거두는 순간을 누이와 함께 지켜보았기에 다른 기억은 다 망가졌어도 그때 보았던 그 장면만은 색 바랜 사진처럼 남아 있었다. 땅이 꽝꽝 얼어 오마니를 묻어 줄 수도 없다며 누이가 오랫동안 섧게 울었다.

"만약에 말일세, 그 누님이 아직 살아서 자네를 찾는다면 어떡

---

* 초다듬: '처음'의 방언

하겠나?"

"날 찾는다구? 실없는 소리 말게. 내가 본걸. 갑자기 비행기가 나타나 총을 쏘아대구 폭탄이 떨어지자 그 통에 사람이 많이 죽었어. 나중에 보니 누이가 없어졌어. 아무리 찾아도 누이가 없어. 그때 폭격 맞구 죽은 거야."

"자네는 누님을 늘 누이라 불러 헷갈리네. 자네 말대로하면 손위로 누님 맞지, 그렇지?"

"그래 맞아. 내 위 누이야."

조 씨는 그해 겨울, 살을 도려내듯 했던 추위가 아직도 살갗에 알얼음으로 박혀 있는 듯 부르르 진저리쳤다. 그 많은 시체들 사이에 누이의 피투성이가 된 늘어진 몸뚱이가 떠올랐다. 조 씨는 누이 시신을 직접 목격하지 않았으나 그 장면이 머릿속에 처음 그려진 뒤 누이만 떠오르면 처참하게 죽은 모습으로 아예 굳어져 버렸다. 이제 와서는 살아생전 누이의 반들거리던 눈빛과 길동그란 생김새조차 지워졌다. 그런 흐릿한 기억도 말을 듣던 옆 사람이 조 씨의 지난날 장면을 재생해 주려고 말을 거들었기에 가능했던 것이다. 눈 내리구, 너무 추웠어……. 그런데 갑자기 비행기가 폭탄을…… 사람이 많이 죽구 누이가…… 조 씨가 겁에 질려 울 듯한 표정으로 그렇게 떠듬떠듬 말하면 옆에서 듣던 이가, 눈보라 치는 한겨울에 한뎃잠* 자며 피난 나오다 비행기가 나타나

• 한뎃잠: 바깥에서 자는 잠

폭탄을 떨어뜨려 사람이 많이 죽었겠군. 그때 꽝 하고 폭탄이 터지자 그 진동으로 자네 귀청이 떨어져 나갔구. 누이도 그 파편에 맞아 죽었지? 내 말이 맞지? 그런 보탬말이 조 씨 머릿속에 사실처럼 확인되어, 맞아, 맞아 하고 맞장구쳤고, 기억으로 저장되었던 것이다.

 뿌연 하늘에 좁쌀 알갱이 같은 눈보라가 휘몰아쳤다. 얼굴을 치는 눈보라가 얼마나 맵게 찬지 눈조차 제대로 뜰 수 없었다. 산지 사방에서 모여든 많은 피난민이 잎 떨군 버드나무 늘어선 신작로를 따라 걷고 있었다. 자전거,

수레, 지게에 걷지 못하는 아이와 덩이덩이 짐을 싣고, 허리 휘게 등짐 진 피난민들이 한데 뭉쳐 허연 입김을 뿜으며 어뜩비뜩* 길을 재촉했다. 피난민들은 솜옷을 덧껴입었고 수건으로 목과 머리통을 싸맨 채 얼어 다져진 길바닥에 미끄러지지 않으려 신발에 새끼줄로 감발을 치고 있었다. 그때 갑자기 앞쪽 언덕 너머에서 비행기 몇 대가 나타나 머리를 스칠 듯 다가왔다. 나이 든 이와 아녀자들은 오도 가도 못한 채 어린 자식을 품에 감싸고 그 자리에 머리 박고 엎드렸다. 청장년은 길가 개골창으로 뛰어들거나 밭 등성이로 날랜 걸음을 놓았다. 저공으로 날아온 비행기들이 한 차례 기총소사**를 퍼붓더니 피난민들 머리 꼭지에 포탄 여러 개를 떨어뜨리곤 살같이 사라졌다. 한순간에 당한 난리로 피난민 대열이 흩어졌고 신작로는 아비규환이었다. 찢어진 몸뚱이와 피가 눈보라 속에 튀고 비명과 신음소리가 낭자했다. 어른과 아이들이 눈바닥에 피걸레로 늘어져 꼼짝을 안 했다. 나란히 길을 걷던 소년은 그때 그만 누이를 놓쳤다. 소년은 시신을 안고 울부짖는 사람들과 아직 숨이 붙어 신음을 내지르는 부상자들 사이를 누비며 누이를 찾았다. 비행기가 되돌아와 나머지 사람들을 죄 몰살할 거라고 누군가 소리쳤다. 어서 여기를 떠나야 산다고 수염이 고드름 된 노인이 소년에게 말했다. 한 아낙이, 이 피 좀 봐 하더니 정수리에서 흘러내린 피가 면상을 덮은 소년 얼굴을 머릿

* 어뜩비뜩: 모양이나 자리가 이리저리 어긋나고 비뚤어져 한 줄에 고르게 놓이지 못한 모양
** 기총소사: 비행기에서 목표물을 비로 쓸어 내듯이 기관총으로 쏘는 일

수건으로 닦아 주며, 앞서가는 사람들 속에 누이가 있나 찾아보라고 말했다. 거기에 섞여 있지 않으면 죽었으니 찾아도 소용이 없다고 했다. 겨우 목숨을 건진 피난민들이 다시 모여 살육의 현장을 빠져나갔다. 소년은 피를 철철 흘리고 걸으며 누이를 찾았다. 목청이 쉬도록 누이를 불러도 그들 속에 누이 모습은 간데없었다. 그때서야 소년은 누이가 폭탄이 터질 때 죽었기에 보이지 않는다고 생각했다. 누이의 시신이라도 찾으러 다시 돌아가기에는 먼 길을 와 버렸음을 알았다. 누이를 잃은 그해 겨울, 소년은 머리가 너무 아파 제정신을 놓쳐 피난민 대열에서 낙오되었으나 추운 날씨 덕에 정수리 상처는 덧나지 않고 그럭저럭 아물었다. 소년은 거지가 되어 문전걸식하며 시골집을 떠돌았다. 너무 굶어 기력이 다해 쓰러지기도 여러 차례였다. 얼어 죽기 직전 목젖에 걸린 소년의 숨을 행인이 발견해 길갓집 더운 방으로 옮겨선 살려 내기도 했다. 소년은 다시 길을 나섰다. 얼굴과 손발이 동상에 걸려 퉁퉁 부은 몸으로 여염집* 처마 밑 따뜻한 굴뚝에 기대어 새우잠을 자기도 했다. 그래도 타고난 명줄은 길어 봄이 왔을 때, 소년은 얼이 반쯤 빠져 맹해진 상태로 천안 부근 산골 장터를 떠돌고 있었다. 아무나 잡고 헛소리로 오마니와 누이를 불러대는 실성기를 보였다.

"조 씨, 몸도 좋지 않은가 본데, 내일은 멀리 나서지 말고 집 안

* 여염집: 일반 백성의 살림집

에 죽치고 있어. 내 말 들었지? 현 선생이 자네를 만나러 온다니깐 내가 선생과 같이 옴세. 현 선생이 인터넷인가 그걸 하다 누이가 자네 찾는 걸 알았다네."

"누이가 날 찾는다구? 거짓말이야."

"학생들 가르치는 선생님이 거짓말을 할 리 있는가. 현 선생 말로는 자네 누님 비슷한 분이 전쟁 때 잃은 남동생을 애타게 찾고 있다더군. 그쯤 알고 있게. 나 그럼 내려가네."

황 이장이 손에 든 전짓불을 켜고 마당으로 나섰다. 조 씨가 배웅하러 꼬부장한 뒤허리를 집고 한쪽 다리를 절며 축담에 내려섰다. 다리까지 왜 저느냐고 이장이 묻자, 조 씨가 조금 다쳤는데 괜찮을 거라며 손사래 쳤다.

"아침저녁으론 날씨가 많이 차졌어. 감기에 조심하구. 군불 안 땠다면 전기장판에 스위치 넣고 자라구. 늙을수록 감기 조심하구 몸을 따뜻이 해야지."

"바람이 세어 별도 가물가물하군."

틈만 나면 넋 빠진 꼴로 별 보기를 좋아하는 조 씨가 하늘을 올려다보았다. 바람 건너 아스라이 멀리 있는 별빛이 흐릿했다.

"남 하는 말이 잘 안 들리는데, 이제 눈까지 가나 봐."

"무슨 잠꼬대 같은 소릴. 바람 잠잠한 한겨울 밤이나 여름밤에는 별이 밝지."

황 이장 목소리가 전지 불빛 따라 언덕 아랫길로 멀어졌다.

그날 밤, 조 씨는 뒤허리 둔통으로 몸을 돌려 눕지 못하고 밤새

골골 앓았다. 추석을 앞둔 절기라 골짜기를 훑는 밤바람 소리가 하루 다르게 기를 세웠고 귀뚜리 울음소리가 애잔했다.

봉창이 뿌윰하게 트여 오자 우리에 갇힌 염소들이 날이 밝았다며 수런댔으나 오늘따라 조 씨는 자리에서 일어나기가 힘에 부쳤다. 웬만큼 살았어, 이만큼 살았으니 됐어, 하고 늘 외는 소리를 읊으며 조 씨는 꿉꿉한 이불 속에서 얕은 숨을 쉬며 꾸물댔다. 햇살이 느릅나무와 개암나무 우듬치를 비출 때야 겨우 몸을 일으켰다. 원숭이처럼 앉은걸음으로 마루로 나오니 하늘에는 새털구름이 높이 떠 있을 뿐 날씨가 맑았고 건들바람*이 쌀쌀했다. 조 씨는 마당으로 나와 대나무관을 거쳐 확**에 넘치는 찬물로 낯짝을 닦았다.

조 씨가 전기밥통에 남은 밥을 한술 뜬 뒤 비누 치대기로 밀린 손빨래를 대충 마쳐 놓았을 때야 분교 현 선생과 황 이장이 서리 앉은 갈잎을 밟고 언덕 위 외진 조 씨 집으로 올라왔다. 안경잡이 젊은 선생이 등산모를 벗으며 조 씨에게 인사를 차렸다.

현 선생은, 우선 영감님 사진부터 찍겠다며 조 씨에게 허리를 곧추세워 정면을 바라보게 했다. 웬 사진까지, 하면서도 자기 모습을 찍어 준다니 싫지 않은지 조 씨가 시키는 대로 꼿꼿한 자세를 취했다. 뒤허리가 결려 조 씨가 찡그리자, 현 선생이 카메라에 눈을 가져 대곤 연신 김치, 김치 하며 웃으라고 말했다. 군살 없

* 건들바람: 초가을에 선들선들 부는 바람
** 확: 방앗공이로 찧을 수 있게 돌절구 모양으로 우묵하게 판 돌

는 여윈 몸, 허옇게 센 짧은 머리칼과 구레나룻, 턱이 긴 질그릇 색 얼굴, 골 깊게 패인 주름살, 무릎 앞에 늘어뜨린 굳은살의 거친 손, 겅성드뭇한* 허연 수염이 전형적인 농사꾼 촌로였다.

"그러고 보니 조 씨 상판이 영판 염소를 닮았어."

황 이장이 껄껄대고 웃었다. 정말 조 씨는 성질마저 염소를 닮아 한없이 순량한 사람인데, 간혹 뻗대는 그 염소 고집만은 마을 사람들이 말릴 수가 없었다. 현 선생이 무릎을 접어 디지털카메라로 조 씨 사진을 여러 장 찍었다. 당주골 길흉사를 추억으로 남겨 주려고 선생이 구입한 카메라였다. 현 선생은 사진을 찍은 뒤 마루 끝에 앉아 조 씨에게 찾아온 용건을 꺼냈다.

"영감님, 6·25 전쟁 나기 전엔 어디서 사셨습니까?"

조 씨가 가는귀먹었으니 큰 소리로 말해야 한다고 황 이장이 선생에게 일렀다.

"어디 사시다 당주골로 들어왔냐구요?"

"저 산 너머 먼 데야. 거기가 평안도라 하대. 그래서 내 이름이 평안이 아니오."

조 씨가 자기 말이 재미있다는 듯 앞니 빠진 입안을 보이며 흐물쩍 웃었다.

"실없는 사람하군."

하며 팔짱 끼고 선 황 이장이 혀를 찼다.

---

* 겅성드뭇하다: 많은 수효가 듬성듬성 흩어져 있다.

조 씨는 묽은 눈을 껌벅이며 마당귀에 선 한 그루 느릅나무와 두 그루 개암나무에 눈을 주었다. 서리 젖은 누른 잎이 아침 햇살에 반짝였다. 조 씨가 염소 아저씨 조 서방을 따라 이 집으로 왔던 그해, 느릅나무는 아름드리 상수리나무 옆에 자식 나무처럼 간짓대* 굵기로 하늘하늘 서 있었다. 봄철에는 조 서방 처가 느릅나무 어린잎을 따서 나물로 무쳐 먹기도 했다. 세월이 흘러 조 서방 딸은 도붓장수 따라 먼 갯가로 일찍 출가해 떠났고 아들은 중학교를 마치자 염소 두 마리를 끌고 몰래 집을 떠난 뒤 소식이 없었다. 그리고 몇 해가 지나자 조 서방이 죽고 뒤따라 그의 처도 세상을 떠났다. 조 서방 내외의 장례를 의붓아들 격인 조평안과 당주골 사람들이 치렀다. 몇 해 전인가, 염소 끌고 집 떠난 조 서방 친아들이 당주골로 들어와 집터를 팔겠다고 나서서 면소를 오가며 마을에 분답**을 떨었다. 이 산골에서도 외진 언덕배기 그 땅이 몇 푼이나 되겠으며, 살 임자인들 나서겠어? 다들 대처로 나가 버려 당주골에 빈집도 흔한 걸 자네 눈으로 보잖는가. 그 땅과 헌 집은 이때까지 이 집 지키고 살아온 저 착해 빠진 조평안 씨 몫이야. 조 씨가 세상 물정에 물러 새경***도 안 받고 평생 조 서방네 집안일을 거뒀잖은가. 범바위 아래 묻힌 자네 부모 묘에 벌초도 여태 조 씨가 해 오고 있는 줄 몰라? 부모 살아생전 코빼

* 간짓대: 대나무로 된 긴 장대
** 분답: 사람들이 많이 몰려 북적북적하고 복잡함. 또는 그런 상태
*** 새경: 머슴이 주인에게서 한 해 동안 일한 대가로 받는 돈이나 물건

기도 안 비친 주제에 씨가 먹히는 소리를 해야지. 이장과 마을 늙은이들이 나서서 삿대질하며 따지자 조 서방 친아들이 머쓱하니 당주골을 떠난 뒤 여태 감감소식이었다. 그런 긴 세월이 흐를 동안 아름드리 상수리나무는 마을 정자 기둥감으로 베어졌고 이제 느릅나무가 어미 나무가 되어 그 자리를 지키고 있었다. 개암나무는 조 씨가 이 집 정착한 그해 가을, 조 서방이 데려온 자식 평안에게 지나가는 소리로, 죽은 네 엄마와 누이 보듯 하라며 심은 나무였다. 개암나무는 해마다 부쩍부쩍 키가 컸고 저세상으로 떠난 엄마와 누이가, 내 열매 먹구 너도 얼른얼른 크라는 듯 많은 열매를 달기 시작했다. 개암 열매를 많이도 먹어 온 지난 세월이

조 씨 눈앞에 암암하게* 흘러갔다.

"보자, 내 나이 예순하나 아닌가."

황 이장이 나섰다.

"전쟁 난 이듬해라면 학교에도 아직 입학하지 않은, 우리식 나이로 따진다면 여덟 살 아니었나. 나도 그때 적이 가물가물한데, 나보다 두어 살쯤 위긴 하겠지만 제 이름에 나이도 까먹은 조 씨가 전쟁 전에 이북 살았던 적을 어찌 기억하겠어?"

황 이장은 조 씨의 정확한 나이를 몰랐다. 조 씨가 염소 아저씨를 따라 당주골로 들어온 게 전쟁 난 이듬해 봄이었다. 면소 닷새장에 나가 염소 한 마리 처분한 돈으로 마신 술에 거나해진 조 서방이 마을 고샅길**에서 만난 사람들에게 달고 오는 거지애를 두고 말했다. 면소 장바닥에 비럭질하는 전쟁고아가 널렸는데 그런 애들 중에 하나야. 이번 장날에도 눈에 띄기에, 가는귀먹었어도 애가 하도 순둥이라 팔아 버린 염소 대신 데려왔지. 그때 첫돌을 한 살로 따져 여섯 살이었던 황 이장은 조 서방이 쥔 새끼 꽁다리에 매인 염소 두 마리 옆에 거지 애가 겁먹은 얼굴로 떨고 있음을 보았다. 땟물 흐르는 군복 윗도리가 무릎을 덮었는데 곯은 무처럼 퉁퉁 부은 종아리 아래는 땟국 전 맨발이었다.

마을 사람들이 전쟁고아를 둘러싸고 이것저것 물었다. 이름은? 소년은 뭇시선에 주눅이 들어 머리를 빠뜨린 채 떨고만 있었

---

* 암암하다: 기억에 남은 것이 눈앞에 아른거리는 듯하다.
** 고샅길: 시골 마을의 좁은 골목길. 또는 골목 사이

다. 이름과 나이를 물어도 소년은 대답을 못했다. 떠나온 고향을 알 리 없었다. 소년이 가는귀먹었음을 알자, 멀리서 왔느냐고 묻는 큰 소리에 산 너머 먼 하늘을 가리켰다. 그러고 보니 숫구멍 자리 정수리에 머리털이 자랄 수 없는 큰 흉터가 있었다. 소년은 갈라 터진 땟국 전 손등으로 눈물을 닦으며 오마니와 누이란 말만 겨우 흘리더니 큰 소리로 울었다. 마을 사람들은 조 서방이 데려온 전쟁고아를 두고 말을 맞추었다. 정수리 흉터로 보아 전쟁 때 파편을 맞아 머리와 귀를 다쳐 바보가 된 거다. 영양실조가 원인이거나 태어날 때부터 머리가 모자란 아이일 수도 있다. 오마니란 말은 평안도에서 쓰는 엄마란 말이니 평안도에서 피난을 나왔음이 틀림없다. 남으로 피난 내려오다 엄마와 누이가 죽었기에 서러워서 저렇게 큰 소리로 운다. 마을 사람들은 그렇게 결론 내리곤 무작정 고아를 데리고 온 조 서방을 나무랐다. 면소 지서에 맡겨 고아원에 넘기든지 해야지 이런 귀먹보인 바보 거지 애를 마을로 데려와 어쩔 작정이냐고 따졌다. 다음 장날 면소로 나가 당장 지서로 데려다주게, 사람이 어디 염소새끼가, 하는 오례댁 말에 조 서방이 버럭 역정을 냈다. 자식도 둘뿐인데 내가 친자식으로 여겨 내 자식과 똑같이 키우면 되잖느냐고 되받았다. 마을에서는 사람 좋기로 호가 난 조 서방인지라 이웃들은 그의 장담을 믿었다. 조 서방은 자기 말을 책임지겠다는 듯 소년을 집으로 데려가 씻기고 먹인 뒤 아들이 입었던 옷일망정 멀끔하게 갈아입혔다. 자기 성에 소년 출신지를 따와 조평안이란 이름으로 두 자식 아래 호적에도 올렸다. 나이는 어림잡아 열 살로 등재했다. 어느 날, 면소 장에 나간 조 서방이 간 꽁치 몇 마리를 사서 헌 신문지에 말아 왔는데 평안이 그 신문에 박힌 큰 글자를 떠듬떠듬 읽었다. 그로써 평안이 전쟁으로 피난 나오기 전 북에서 살 때 학교에 다녔음을 알 수 있었다. 조 서방이 친자식 둘이 다니는 면소 초등학교에 평안을 데려가 선생과 상의한 결과, 늦게나마 입학이 가능함을 알았다. 평안은 조 서방 두 자녀와 함께 시오 리 길을 걸어 초등학교에 다니게 되었다. 학습 진도를 따라가지 못해 공부는 늘 꼴찌를 면치 못했다. 평안은 3학년을 마치곤 학업을 포기해야 했다. 평안의 한계가 거기까지였으니 머리 씀씀이는 10단위 더하기 빼기만 손가락 짚어 계산할 수 있을 뿐 초등학교 하급반 수준을 넘어서지 못했던 것이다. 더욱 전쟁 전 기억을 회복하지 못해 아버지가 있었는지 없었는지조차 알지 못했다. 엄마와 누이가 비행기 폭격으로 죽었다는 기억이 고작이었다. 엄마와 누이가 어디에서 그런 횡액*을 당했는지도 몰랐다. 네 이름을 고향에서도 평안이라 불렀느냐고 우스갯소리로 물으면, 평안이 맞다고 대답했다. 평안은 과거를 현재로 재생시켰던 것이다. 천둥이나 번개를 유독 무서워했고 마을에서 닭이나 개를 잡으면 이를 제대로 보아 내지 못해 숨길이 거칠어져, 평안이 전쟁에 당했던 두려움을 잠재의식으로나마 느끼고 있음을 주위 사람들이 알아챌 뿐이

* 횡액: 뜻밖에 닥쳐오는 불행

었다. 조 서방이 평안이를 자식으로 거두며 돌보자 차츰 몸이 나고 살이 붙었다. 평안은 조 서방 내외를 아버지, 엄마라 부르며 따랐다. 변성기를 넘길 즈음 평안의 머리도 웬만큼 트여 시키는 말은 알아들었고 간단한 대화에는 별 지장이 없었다. 염소 키우기가 주업인 조 서방이 평안에게 키우던 염소를 맡기게 되어 놀 짬이 늘자 해가 있을 땐 주기*를 달고 살았다. 친자식이 가출해 버린 뒤로는 술상을 끼고 살아 몸져눕는 날이 늘었다.

"영감님, 인터넷을 조회하다 영감님과 살아오신 경위가 비슷한 분을 찾는다기에 혹시 영감님이 아닌가 하고 방문했습니다. 예전 누님 이름 기억나세요?"

현 선생이 큰 소리로 물었다,

"누이? 누이라 불렀어. 이름은 몰라."

마당 한 귀를 멍청히 바라보는 조 씨 표정이 생감 씹듯 떨떠름해졌다.

자연 생태에 관심이 많은 현 선생은 초등학교 분교 교사를 자원한 총각 선생이었다. 분교는 전체 학생 수가 고작 여섯이라 선생이 한 명뿐이었다. 현 선생은 예순 넘은 노인들이 대부분인 당주골의 상담역을 맡아 산골 노인들이 겪는 어려움을 도와주는 일에 나이 든 황 이장보다 나았다. 그는 꼬마 승용차로 틈만 나면 집집마다 방문해 노인들의 신상 문제와 면사무소, 농협, 보건소

• 주기: 술에 취한 기운이나 느낌

출타를 돕고 있었다. 집이 댓 가구씩 모여 있을 뿐 골짜기와 등성이에 독가로 흩어진 당주골은 모두 합쳐 스무 가구 남짓이었고 면소까지는 탑고개 너머 몇 구비를 돌아야 하는 시오 리 길이었다.

"영감님 고향이 평안남도 안주군 맞지요?"

현 선생 말에 조 씨는 여전히 묵묵부답이었다.

"영감님 누님 되는 분 이름이 이수옥 씨 아니세요?"

"이수옥, 조수옥? 그렇겠군. 그래, 맞아. 아니야, 아닐 거야. 모르겠는걸."

조 씨도 혼란스러운 모양이었다. 머리를 흔들며 뭘 그렇게 캐묻느냐는 듯 찌무룩한 얼굴로 현 선생을 흘겨보았다.

"현 선생, 조 씨가 이런 사람인 줄 내가 대충 말했잖는가. 현 선생이 좀 구체적으로 말해 보더라고. 인터넷인가 거기에 조 씨를 찾는다며 뭐라고 실렸는데?"

"한국에 나온 지 20년째로 경남 거제도에 거주하는 스위스 출신 간호사가 인터넷에 글을 올렸어요. 스위스에 사는 안나 리라고, 한국 이름은 이수옥인데, 이수옥 씨란 분이 한국 전쟁 때 생이별한 남동생을 찾는다구요."

"남한 땅이 아니구, 그렇다고 미국도 아니구, 스위스란 나라는 구라파*에 있잖는가? 경치가 그림같이 좋다는 살기 좋은 나라."

---

* 구라파: '유럽'을 뜻하는 말

면소 소재 중학교를 나온 이장이 그쯤은 안다는 듯 읊었다.

"스위스에 산다는 조 씨 누나 되는 노친네가 죽기 전에 동생에게 유산이라도 넘겨주겠다며 나타났단 말인가? 거제도에 산다는 스위스 간호사는 또 누군데?"

"스위스에 사는 이수옥 여사의 현지 가족 부탁을 받아 거제도에 거주하는 줄리란 간호사 분이 인터넷에 글을 올렸다니깐요. 이수옥 여사 나이는 예순일곱 살이며 고향은 평안남도 안주군이고, 한국 전쟁 때 헤어진 남동생 이름은 이중길이라구요. 1951년 1·4 후퇴 때 평안남도 안주에서 피난 나오다 어머니는 폭격에 돌아가시구 남매만 경기도와 충청도 접경지대까지 내려왔는데, 거기서 또 비행기 폭격을 맞아 그만 헤어졌다구. 출신지와 나이를 따져 보니 저쪽에서 찾는 분이 염소 키우는 영감님과 비슷해서, 후딱 조평안 영감님이 떠올랐지 뭐예요. 성씨는 비록 달랐지만 말입니다."

"본인이 자기 이름조차 기억 못해 성씨와 이름은 전쟁고아를 데려온 염소 아저씨가 붙여 주었어. 염소 아저씨 성이 조가였거든. 조 씨가 염소 아저씨와 함께 당주골로 들어왔을 때 평안도 말씨를 썼으니 이름을 평안이라 붙여 주었지. 출신지가 평안도 어드멘지는 정확히 모르지만."

"그렇다면 이름자 빼고 나머지는 맞는데요?"

현 선생이 이장을 보았다.

황 이장으로서도 너무 오래전 일이라 긴가민가하면서도 동네 아이들에 둘러싸여 쏟아진 질문에 주눅 든 조 씨가 엄마를 두고 분명 오마니, 누님을 두고 누이라 말했던 것은 기억했다. 현 선생 말처럼 모든 정황이 조 씨가 수옥 여사 동생이란 데 확신이 섰다.

"맞아. 틀림없어. 도 지경이라면 성환 부근에서 폭격 맞아 누이를 잃고 조 씨 혼자 천안까지 탈래탈래 내려온 게야. 여기가 천안시 성남면 아냐. 그런데 현 선생, 그쪽에서 왜 여태 동생을 안 찾다가 서로 다 늙은 이제야 찾아볼 맘을 먹었을까?"

"그동안 한국에 수소문했어도 이름이 다르니 못 찾았겠고, 이쪽에선 누이가 전쟁 때 폭격 맞고 죽은 줄로만 알아 찾을 생각을 안 했고……"

"그런데 조 씨가 누나를 만난대도 가는귀까지 먹은 맹한 사람이 50여 년 전 누나를 어떻게 알아보겠어? 저쪽 역시 그렇겠지. 얼굴도 많이 변했을 텐데 무엇으로 남매간임을 증명해 보이겠어? 여보게, 현 선생. 인터넷에 조 씨의 무슨 특징 같은 건 씌어 있지 않아? 신체 어디에 점이 있다거나 흉터가 있다는 그런 것 말이야? 조 씨 머리통에 지네 꼴로 큰 흉터가 있긴 한데."

"그런 언급은 없구요. 인터넷에 부모님과 고향에서 찍은 가족사진을 띄웠는데, 저로서도 사진에 박힌 소년이 조평안 영감님이란 데는 확신이 안 섭디다. 사진 아래에 '조국 해방을 맞아'란 글씨가 박혔던데, 45년 해방된 해라면 조평안 영감님이 대여섯 살 때라……."

"그렇담 내가 보면 맞힐 수도 있어. 난 조 씨가 당주골로 들어올 때 봤으니깐."

황 이장은 말을 하고 나서 금세 찌무룩한 표정을 지었다.

"아냐, 나 역시 자신 없어. 워낙 햇수가 흘렀으니깐."

황 이장이 고개를 내젓기는, 당시 조 씨의 추레한 입성과 버썩 마른 몰골만 가물가물 떠오를 뿐 이목구비가 뚜렷하게 잡히지 않은 탓이었다. 그래서 현 선생과 자기 말에 남의 이야기 듣듯 무관심한 조 씨를 보고 역정을 냈다.

"이 사람아, 뭐라고 말 좀 해 봐. 자네 누님이 나타났다는데 사람이 어찌 그렇게 남의 소 보듯 멍하니 앉았어? 전쟁 때 폭격 맞고 죽었다는 누나가 여기 이 땅이 아닌, 구라파 스위스란 나라에서 여태 살고 있다잖는가."

황 이장이 답답하다는 듯 조 씨 소매를 흔들었다. 그때까지도 조 씨는 별다른 느낌이 없는지 현 선생을 보고 엉뚱하게, 오늘은 공부 안 가르치고 노는 날이냐고 물었다. 현 선생이, 일요일이라 수업이 없다고 말하고는, 조 씨 과거 행적을 두고 큰 소리로 본격적인 질문을 시작했다. 조 씨도 심문받듯 떨떠름한 목소리로 현 선생이 묻는 말에 대답했다. 그러나 현 선생과 황 이장이 지금까지 알고 있는 정보 이외에는 별다른 수확이 없었다. 전쟁 당시 엄마가 죽었고 폭격 맞아 많은 사람이 죽을 때 누이가 죽었으며, 그 겨울에 당한 추위와 굶주림 외에 조 씨는 다른 어떤 증거도 대지 못했다. 당주골에 정착한 뒤 지내 온 세월을 두고도 황 이장과 의견이 일치하지 않은 점도 많았다. 나이 예순 중반에 들었다면 정신 맑은 사람도 어릴 적 기억은 흐릿할 수 있다고, 현 선생은 그렇게 수긍할 수밖에 없었다.
"알겠습니다. 제가 줄리 선생 이메일에 사실대로 답장 올리고 저쪽 소식을 기다리겠습니다. 컴퓨터로도 대화가 가능하니깐요. 제 생각으로는 조평안 영감님이 수옥 여사 남동생일 가능성이 높습니다. 저쪽에서 서로 만나 확인해 보자는 연락이 올 때까지 이 일에 적극 나서 보겠습니다."
현 선생이 황 이장을 보고 물었다.
"당주골로 조평안 영감님이 들어왔을 당시 목격했던 증인은 더 없겠습니까?"
"자식들 따라 벌써 당주골을 떠났고, 그 시절을 말해 줄 사람들은 나이 들어 다들 돌아가셨지. 환갑 넘긴 내가 아직 이장직에서 손 못 터는 처지이니 말해서 뭣 해. 당주골은 이제 이빨 빠진 노인 천지 아닌가. 참, 신출이 성님이 있긴 한테 정신이 오락가락하니 제대로 기억이나 할는지……."
누구보다도 확실한 증인은 조 씨를 당주골로 데려온 염소 아저씨인데 타계한* 지가 벌써 20여 년 전이었다.

---

* 타계하다: 사람이 죽다.

2

하숙집으로 돌아온 현 선생은 컴퓨터 앞에 앉아 거제도에 거주하는 간호사 줄리 선생 이메일로 답장을 냈다. 조 씨의 현재 모습을 사진으로 올리고, 신체 조건, 정수리 흉터와 귀가 좀 먹었다는 점, 지나온 이력을 자세히 소개했다. 그날 저녁, 그는 인터넷 채팅으로 줄리 선생과 대화를 나눌 수 있었다.

이수옥 여사의 스위스 이름은 안나 리로 나이 예순일곱이었다. 슬하에는 남매를 두었는데 출가했고, 제네바 근교에서 포도 농장을 크게 하던 남편이 심장마비로 급사한 뒤 작년부터 제네바 시내에 있는 양로원에서 여생을 보낸다고 했다. 안나 리 여사의 고향은 평안남도 안주군 안주읍이며, 아버지는 한국 전쟁 전 안주 탄전 경리책 복무원이었고 어머니는 그곳 인민학교 교사였다. 전쟁이 나고 낙동강 공방전이 한창 치열할 무렵 아버지는 뒤늦게 징집되어 전선으로 떠났다. 유엔군과 국군이 안주로 들어왔다 중공군 참전으로 후퇴하던 1950년 12월 중순, 어머니는 미군 비행기의 소나기 폭격을 피해 두 자식을 데리고 피난길에 나섰다. 어머니가 비행기 폭격으로 별세한 것이 의정부 부근까지 내려왔을 때였다. 남매만 살아남아 피난민 대열에 섞였는데 경기도와 충청도 접경 어름에서 다시 비행기 폭격을 만나, 그때 서로가 헤어지게 되었다. 동생이 비행기 폭격에 희생된 줄 알고 부산까지 홀로 내려온 이수옥은 1951년 9월에 부산 시온고아원에서 미국의 볼티

모어 근교에 거주하는 가정으로 입양되었다. 중산층 가정의 양부모 보살핌 아래 정숙하게 성장한 안나 리 여사가 거기서 대학 재학 중 국제 펜팔*로 사귄 프랑스계 스위스 청년과 결혼하여 스위스 제네바에 정착한 것이 1961년이었다.

―줄리 선생께서는 어떻게 안나 리 여사의 사연을 접하게 되었습니까?

―제가 제네바 대학 병원에서 간호사로 일할 당시 한국에서 온 간호사들과 기숙사 생활을 함께하며 김치와 김을 맛보았고 한국어도 배울 기회가 있었습니다. 그 인연으로 휴가 때 한국을 여행하게 되었고, 한국의 풍경과 사람들이 좋아 1984년 한국으로 건너와 5년 동안은 인천에서 살다 15년째 풍광 좋은 거제도에서 예수병원 간호사로, 병원에서 운영하는 보육 시설 선생으로 일하고 있습니다. 지난 여름휴가 때 부모님과 형제를 만나러 제네바로 나갔다 안나 리 여사 사연을 그분 따님으로부터 듣게 되었습니다. 어머니 마지막 소원이라며 한국에 나가는 대로 동생을 찾아달라고 따님이 제게 부탁하더군요.

―안나 리 여사는 여태까지 동생을 찾지 않다가 왜 이제야 나서게 되었답디까?

―따님 말로는, 외삼촌 되는 분이 한국 전쟁 당시 사망한 줄로만 알고 있었다고 했습니다. 어머니가 동생 사망을 목격하지는 않았으

---

* 펜팔: 편지를 주고받으며 사귀는 일

나 당시 폭격이 하도 심해 그렇게 생각할 수밖에 없다며 때때로 눈물을 흘리셨답니다. 그러면서도 한 가닥 기대는 그때 폭격을 모면해 한국에 생존해 있거나 미국으로 입양되었을지 모른다고 추측하기도 했답니다. 오래전이 되겠습니다만 안나 리 여사가 제네바에서 한국 관계 기관에 이중길 씨 출생지, 이름, 나이를 대어 찾아 달라는 편지를 낸 모양 같아요. 아무 소식이 없었답니다. 스위스는 사실 한국과 너무 먼 나라 아닙니까. 그런데 안나 리 여사가 지난봄 제네바 시민 단체 '평화연대'가 벌인, 이라크 주둔 미군의 철수를 요구하는 시위에 노구*를 이끌고 참가했다가 뇌졸중으로 쓰러져 혼수상태에 들었답니다.

―안나 리 여사는 평소에도 그런 국제 정치 문제에 관심이 많았습니까?

―따님 말씀으로, 안나 리 여사는 모든 전쟁이란 전쟁은 적극 반대하는 평화 옹호주의자였다고 합니다. 본인이 어린 시절 한국 전쟁을 겪었기 때문이겠죠. 세계의 경찰로 자임하는 미국이 자국이 정한 기준치에서 벗어난다고 다른 나라 내정 문제에 무력으로 간섭하는 걸 앉아서 보아 내지 못하는 분이셨대요. 미국이 동맹국인 영국을 끌어들여 이라크를 침공했을 때 평화연대 회원들과 함께 제네바 시청 광장 시위에 연일 참가하셨답니다. 그땐 안나 리 여사가 양로원에 들어가기 전이었는데, 텔레비전 저녁 뉴스를 보다 낮에 있었던

* 노구: 늙은 몸

거리 시위에서 앞줄에 나선 어머니 모습을 보고 따님이 놀라 어머니가 사는 집으로 달려갔대요. 연세도 있으니 가두시위에는 나서지 마시라고 말렸는데, 전쟁은 무조건 막아야 한다며 막무가내셨대요. 그런 과로가 축적되었던지 지난봄에 쓰러져 혼수상태에 드셨대요.

―우리 얘기가 조금 엇길로 흐른 듯한데…….

―현 선생님, 안나 리 여사 병상을 제네바에 거주하는 자녀분들이 번갈아 지켰는데, 여사가 기적적으로 일주일 만에 깨어났습니다. 정신이 돌아오자마자 비몽사몽간이란 한국말 그대로, 혼수상태에 있을 때 생존해 있는 동생 모습을 생시처럼 똑똑히 봤다며, 동생이 죽지 않고 어디서든 살아 있으니 이제라도 꼭 만나야 한다고 말했답니다.

―그 말을 어떻게 믿을 수 있겠습니까?

―안나 리 여사 말로는, 깨어나기 하루 전에 의식은 돌아왔으나 의사 표시는 물론 눈꺼풀조차 움직일 수 없었다고 했습니다. 밤낮을 구별할 수 있었고 자신을 내려다보는 자녀와 손자도 알아보았답니다. 주위 사람들 하는 말도 들었지만 자신이 식물인간이 아니라는 의사 표시를 할 수 없다는 게 너무 답답하고 안타까웠는데, 그러다 다시 의식을 놓곤 했답니다. 생과 사의 갈림길이었는지 꿈인지 분명하진 않지만, 그 어느 순간에 양치기 동생을 환영으로 보았답니다.

―줄리 선생이 안나 리 여사 자녀분들을 만났을 때, 어머니가 혼수상태에서 동생의 환영을 보았다는 그 말에 자녀분들 견해는 어땠습니까?

―신이 어머니의 잠든 영혼을 찾아와 기적의 선물을 주었다고 따님이 놀라워했습니다. 어머니 평생 소망을 신이 허락하셨다고 아드님도 말했습니다. 저도 양로원을 찾아가 안나 리 여사를 면회했는데, 처음은 그 말이 믿기지 않아 긴가민가했으나 안나 리 여사가 산 중턱에서 양 치는 동생을 본 장면을 너무 생생하게 들려주어, 그 기적의 실현을 종교인으로서, 그러나 과학적 치료에 평생을 일해 온 간호사로서 받아들이게 되었습니다. 의학적으로 소생이 불가능하다고 99퍼센트 결론이 났음에도 삶에 대한 환자의 강렬한 의지만으로

기적적인 회복을 보이는 경우가 흔치는 않지만 간혹 있습니다. 안나 리 여사의 경우, 죽음을 앞두고 동생을 환영으로 본 것도 그런 의지력의 현시겠지요. 다리가 편치 않아 휠체어에 의지하긴 했으나 안나 리 여사 건강은 비교적 양호했고 정신 상태는 분별력과 판단력이 있었습니다. 재활 치료를 받고 있으니 머지않아 지팡이에 의지할망정 부축 없이 걷게 되겠지요. 외삼촌을 만날 기대에 부풀어 어머니가 다 잊은 한국말 공부를 새로 시작했다고 아드님이 말했습니다. 열세 살 때 한국을 떠났으니 기억 속에 남은 언어를 곧 되찾게 될 거라고 말입니다. 저는 한국으로 돌아오자마자 인터넷에 안나 리 여사 사연과 옛 가족사진을 올렸습니다. 그동안, 자신이 이수옥 여사 동생이 틀림없을 거라는 이메일을 네 통 받았는데 현 선생이 말씀한 조평안 노인도 그중 한 분입니다.

—그럼 당주골에 사는 조평안 노인 신상을 좀 더 자세히, 제가 만나 알고 있는 사실대로 지금부터 설명하겠습니다. 판단은 줄리 선생께서 하시고 제네바로 연락 취해 주시기 바랍니다.

현 선생이 조평안 노인에 대해 알고 있는 사실 그대로를 문자로 화면에 띄우려니 자판 두드리는 손이 떨렸다. 그런데 조평안 노인이 누나와 헤어지기 전 기억을 망각해서 증거로 들이댈 만한 확실한 정보가 별로 없었다. 대개 이쪽에서의 일방적인 '아마 그럴 것 같다.'란 추측에 불과했다. 한편, 의식이 점멸되어* 생사기

* 점멸되다: 등불이 켜졌다 꺼졌다 하다.

로에서 헤맬 때 생존한 동생을 보았다는 안나 리 여사 말도 신빙성이 떨어졌고 어쩜 황당한 잠꼬대일 수도 있었다. 이수옥 여사 남동생이라며 연락해 왔다는 나머지 세 명 중 한 명이 진짜 동생일 수도 있었다. 결과적으로, 줄리 선생이 전해 준 정보만으로는 이수옥 여사와 조평안 노인이 남매간임을 밝혀내는 데는 많은 난관이 있음을 확인할 수 있었다. 그래서 현 선생은 자기 의견을 보태지 않고 객관적으로 조평안 노인을 만나 확인한 경위와 황 이장, 마을 노인들 증언을 사실대로 화면에 올릴 수밖에 없었다.

  −제 소견으로는, 서로 상봉하게 된다면 한국 전쟁 전후 상황을 온전하게 기억하고 있는 안나 리 여사가 동생의 잃어버린 과거를 재생시켜 줄 수 있지 않을까 생각합니다.

  현 선생은 이 문장을 첨부했다. 그는 줄리 선생과 안나 리 여사 가족의 판단을 기다리겠다며 쓰기를 마쳤다. 현 선생이 '소식 기다리겠습니다.'란 마지막 문장을 자판으로 쳤을 때, 그제야 불현듯 '유전자 검사'란 용어가 떠올랐다. 배울 만큼 배웠고 나이도 창창한 젊은이가 왜 그 간단한 친자 확인 검사 방법을 여태 놓치고 있었는지 한심한 생각이 들었다. 그래서 상대방 문자가 화면에 떠오르기 전 추신을 달려 했을 때, 줄리 선생의 간단한 답신이 먼저 화면에 떴다.

  −제네바에 연락하여 빠른 시일 안에 소식 전하겠습니다. 최종적으로 디엔에이 검사 방법이 있긴 합니다.

  그날 이후 현 선생은 틈만 나면 컴퓨터를 켜 줄리 선생의 이메일이 왔는지 확인했다. 일주일을 기다려도 아무런 소식이 없었다. 현 선생은 몸이 달았으나 그렇다고 새로운 정보를 제공할 처지도 못 되었기에 먼저 나설 입장도 아니었다. 무슨 사정인지 모르지만 스위스와 연락이 지연되는 모양이라고 추측하는 수밖에 없었다.

줄리 선생으로부터 소식을 기다리며 초조해하기는 당주골 노인들도 마찬가지였다. 당주골에서는 유일하게 담배와 일용품 따위를 취급하는 잡화점 주인인 황 이장 집이 마을 들머리에 있었고, 이장 집 앞 느티나무 아래가 정자라 당주골 사람들이 정자에 모이면 조 씨를 두고 여러 말을 나누었다. 이야깃감이 궁한 그들에게 현 선생이 전해 준 조 씨의 혈육 확인 여부는 화젯거리로 충분했다. 가을걷이도 대충 끝냈겠다, 대처로 나간 자식들의 추석맞이 환고향*을 기다리는 일 외에 별다른 소일감이 없다 보니 마을 노인들은 정자에 나앉아 황 이장 잡화점 막걸리에 조 씨 화제를 안주로 주거니 받거니 입씨름을 했다.

당주골 사람들이 가장 안타까워하기는 조 씨의 기억 상실증이었다. 1951년 1월이라면 조 씨 나이가 만으로 아홉 살인데 고향, 부모, 누님 이름은 그렇다 치더라도 어떻게 자기 이름조차 까먹을 수 있느냐는 한탄이었다. 자기 이름만 정확히 대면 만사가 해결되는데 이름 석 자조차 모르니 세상에 이런 기막힌 사연이 어

* 환고향: 고향으로 돌아가거나 돌아옴.

디 있느냐며 열을 올렸다. 더욱이 조 씨 부모가 고등 교육을 받았고 조 씨도 북에서 초등학교에 다닌 것 같은데, 그놈의 전쟁이 조 씨 인생을 저 꼴로 만들었다고 성토했다. 그런 말에 달아, 구조 조정에 걸려 조기 퇴직 당한 뒤 자녀들 학업 때문에 가족은 서울에 두고 작년에 낙향해선 상황버섯을 재배하는 강 씨가 나섰다. 치매의 원인이 밝혀지면 망각된 기억도 재생이 가능할 거라는 그럴싸한 의견을 낸 뒤, 유전자 검사만으로도 혈연관계는 밝혀 낼 수 있다고 말했다. 황 이장이 이장직을 그에게 넘기려 하자 그는 고향 떠난 지가 오래되어 농촌 현실을 제대로 파악할 내년쯤에나 맡겠다며 한사코 고사하는* 중이었다. 유전자 검사? 최신 과학이며 의학조차 믿을 수가 없어. 치술이 자네 아들 서울 큰 병원에서 종합 검사 받고 위는 멀쩡하다 했는데 여섯 달 후 위암 3기로 덜컥 죽지 않았냐. 백내장을 앓는 윤 씨가 붕어눈을 껌뻑이며 말했다. 치매란 말이 나왔으니 말이지 수옥이란 노친네가 중풍 끝에 치매에 걸린 게 틀림없어. 고산지 배추 농사를 짓는 박 씨가 나섰다. 꿈에서 본 것도 깨어나면 말짱 헛것인데 저승 문턱에서 동생을 보았다니 그걸 어떻게 믿어? 팔순 노인이 저승 가는 길에 부모와 상봉했다는 그런 소리 아냐? 그 말에 모두들 고개를 주억거렸다. 황 이장이 다른 의견을 냈다. 경치 좋은 알프스 산록의 양치기 소년을 찍은 스위스 사진을 달력에서 봤는데, 그러고 보면

---

* 고사하다: 제의나 권유 따위를 굳이 사양하다.

꿈에서 양치기 동생을 봤다는 말도 어지간히 맞군. 조 씨가 염소 아저씨 대를 이어 양은 몰라도 염소치기에는 선수 아냐. 그 말에, 꿈보다 해몽이 좋다고 박 씨가 빈정댔다. 설령 유전자 검사로 친남매가 틀림없다고 확인되어도, 지금 이 나이에 뭘 어떡하겠어? 끌어안고 통곡하면 끝 아니겠어? 그 노친네는 비행기 타고 스위스로 떠나고, 조 씨는 여전히 범바위 오르내리며 염소나 칠 테구. 박 씨가 말했다. 그래도 동기간의 그 상면이 어딘데요. 이 세상 사는 낙이 부모 형제와 자식들 옆에 두고 보는 것 빼구 뭐 있나요? 남정네들 말에 나서지 않고 잠자코 있던 대평댁이 말했다. 스위스에 산다는 그 노친네한테도 아들이 있다는데 부모를 양로원에 내치다니 몹쓸 자식이로구먼. 그쪽 형편도 조 씨만큼 처지가 딱한 거 아냐? 좌중 연장자인 동채 노인이 한마디 했다. 서양 선진국들, 이를테면 스위스만 하더라도 우리나라 양로원과는 질적으로 다릅니다. 나이 들면 부자든 가난뱅이든 다들 양로원에 입소하는데, 노인 천국이 따로 없대요. 시설이 완벽하고 나라가 모든 걸 해결해 준답니다. 우리나라만 하더라도 자식이 부모 모시는 건 우리 세대로 끝입니다. 퇴직금 쏟아 가며 저도 자식들 가르칠 만큼 가르치겠다고 이러지만 저 역시 자식한테 노후를 기대하지 않고요. 강 씨의 말에 모두 떨떠름한 표정으로 입을 닫았다.

줄리 선생으로부터 현 선생에게 이메일이 온 것은 추석 전날이었다. 본가가 대전이라 추석 차례를 지내러 하숙집을 막 나서기 전 혹시나 하고 이메일을 열어 보니 받은편지함에 편지 한 통이 떠 있었다.

 ─현 선생님, 소식이 늦어 죄송합니다. 모든 것을 확실히 하기 위해 그동안 여러 절차가 필요했습니다. 먼저 알려 드릴 말은, 안나 리 여사가 가족 동반으로 한국을 방문하겠다는 반가운 소식입니다. 안나 리 여사와 통화한 내용은, 지난 50여 년 세월 동안 소녀 시절에 받은 상처가 너무 컸기에 한국 방문은 생각조차 안 했는데, 이번 기회에 한국 땅을 찾기로 자녀와 합의했다는 것입니다. 동생을 만날 수 있다는 부푼 희망이 계기가 된 것 같았습니다. 여사의 동생일 거라며 연락해 온 네 분 중에 직접 만나 확인할 분은 두 사람으로 최종 결정했고, 그중 한 분이 조평안 노인입니다. 그동안의 접촉 결과 나머지 두 분은 핏줄이 아님이 판명되었습니다. 한국 전쟁 전후의 가족 정황 정보가 서로 너무 정확했기에 쉽게 결론이 났고, 안나 리 여사가 만나 보고 싶어 하는 두 분은 불충분한 정보가 오히려 신뢰감을 준 듯합니다. 어떤 예감, 필이 온다는 말 있잖습니까. 조평안 노인과 함께 만나게 될 다른 한 분 역시 조 노인처럼 전쟁 전의 기억을 상실한 분입니다. 조 노인과 같은 장소에서, 비슷한 나이에 미군 비행기 공습을 받았다니, 세상에 그런 우연의 일치가 어디 있겠어요? 충청남도 성환에서 포도 농사 하는 자녀분과 함께 사는 그분은 조 노인보다 더 철저히 과거를 잊어버렸습니다. 미군 비행기 폭격으로 많은 피난민이 사망했을 때 기적적으로 목숨을 건진 분입니다. 그곳 마을 사람들이 참혹하게 죽은 시신을 치우다 채 숨이 끊어지지 않은 소년을 발견했답니다. 참외 농사 짓던 이가 집으로 데려

와 살려 내서, 그분이 장성하자 데릴사위로 삼았답니다. 이 씨 노인은 훌륭한 자녀분을 두어 그 자녀분이 아버지의 망각된 전쟁 전 과거를 밝혀내려 헌신적으로 노력한 결과 성과를 거두었습니다. 이북5도청을 여러 차례 방문한 끝에 당시 비행기 폭격에서 살아남은 분을 찾아내어 아버지 고향이 평안남도 안주군이란 사실을 알아냈고, 이 씨 집안 자제임을 증언한 고향분을 만났던 겁니다. 이 씨 노인 자녀분이 거제도까지 저를 찾아와 눈물 흘리며, 소설로 쓴다면 모를까 지구상에 이런 비극이 현실적으로 가능하겠느냐고 말했습니다. 한국 전쟁이 수많은 죽음과 가족 이별을 남겼지만 과거의 기억을 상실한 분이 50여 년 만에 가족을 찾게 되는 경우도 있느냐고 말입니다. 그 기막힌 사연을 두고 우리는 함께 울었습니다. 그러나 성환에 사는 이 씨 노인도 기억 상실자라 안나 리 여사와 동기간이란 확정적인 증거는 대면하거나 유전자 검사를 하지 않는 이상 아직은 밝힐 단계가 아니군요. 그 모든 문제를 해결하기 위해 안나 리 여사 가족이 동양의 먼 나라로 여행을 오게 되었습니다. 자녀 두 분과 며느님이 54년 만에 이루어지는 안나 리 여사의 조국 방문에 동행한다고 합니다. 그 가족이 거제도를 방문하게 된다면 한국 전쟁으로 인해 어두웠던 안나 리 여사의 한국에 대한 고정 관념이 크게 수정될 것입니다. 호수는 많지만 바다가 없는 스위스라, 배편에 한려수도를 관광하게 되면 그 아름다움에 탄성을 지를 게 분명합니다. 자녀 두 분 다 각자 개인 사정이 있어서 스케줄을 조정 중입니다. 제가 스위스에서 올 때처럼 제네바에서 독일 프랑크푸르트로 나와 루프트한

자나 한국 비행기를 탈 예정이니, 비행기편이 결정되는 대로 다시 연락드리겠습니다.

3

 현 선생이 운전대를 잡은 꼬마 승용차편에 조 씨와 황 이장이 동승하여 서울 워커힐호텔 커피숍에 도착하기는 오후 1시 50분이었다. 2시에 호텔 커피숍에서 줄리 선생과 만나기로 약속되어 있었던 것이다.
 "조 씨, 현 선생 말처럼 곧 만나게 될 이 여사가 설령 자네 누님이 아니라 하더라도 실망 말더라고. 마음을 침착하게 가져. 묻는 말에만 사실대로 답하면 돼. 알았어?"
 양복을 차려입고 중절모를 젖혀 쓴 황 이장이 커피를 마시며 옆에 앉은 조 씨에게 말했다.
 "누가 뭐랬나."
 조 씨가 시침 떼듯 덤덤하게 되받았다.
 "설마 누이가 되살아났을라구. 아직도 난 못 믿겠는걸."
 어제 현 선생 차편으로 면소에 나가 목욕과 이발을 한 조 씨는 새로 사 입은 뻣뻣한 점퍼를 걸치고 있었다. 삔 발목에 침을 맞으러 현 선생 차편에 면소로 나다니다 선생 권유로 오랜만에 군청색 모직 바지와 구두까지 샀는데, 이번 기회에 갖추고 나서니 머리에서 발끝까지 새 치장을 한 셈이었다.

　카메라를 목에 건 현 선생은 줄리 선생이 나타나기를 기다리며 줄곧 주위를 두리번거렸다. 아니, 줄리 선생보다 안나 리 여사 가족과 먼저 접견이 이루어졌을지 모르는 성환에 산다는 이 씨 가족이 커피숍에 있나 없나를 눈짐작으로 찾고 있었다. 성장한 선남선녀들만 자리를 채웠을 뿐 시골에서 올라온 사람으로 여겨지는 성환 가족은 눈에 띄지 않았다. 조 씨가 안나 리 여사의 동생이 맞을 가능성이 80퍼센트쯤 된다면 성환에 산다는 이 씨 노인이 맞을 확률은 90퍼센트쯤이라고 현 선생은 짐작하고 있었다. 줄리 선생 이메일 정보로 미루어 여러 정황은 성환 이 씨 노인이 동기간일 확률이 높았던 것이다. 그래서 상경하는 차 안에서도 안나 리 여사와의 만남이 섭섭하게 마무리된다면 조 씨가 심적 타격을 받을까 봐 그 점을 누누이 설명해 두었다. 현 선생의 그런 말에도 조 씨는 추수가 끝난 차창 밖의 황량한 늦가을 들녘만 내다볼 뿐 별 반응을 나타내지 않았기에 다행이었다. 조 씨는 겨울이 코앞에 닥쳤으니 부지런히 건초를 장만해야 한다고 키우는 염소 걱정만 주절댔다.

　감색 투피스에 핸드백을 든 줄리 선생이 손수건으로 눈자위를 훔치며 커피숍으로 들어섰다. 그네가 너른 커피숍을 살피더니 자리에서 엉거주춤 일어선 현 선생과 눈을 맞추자 굵은 몸을 흔들며 이쪽으로 걸어왔다. 현 선생은 쉰 초반의 줄리 선생을 처음 보았음에도 금방 알아보았다. 맞아요. 성환 사는 이 씨 노인이 안나 리 여사 동생이 틀림없어요. 현 선생은 줄리 선생의 그 말이 먼저 떨어질까봐 조마조마했다.

세 사람은 줄리 선생과 첫인사를 나누었다.

"오래 기다리셨죠?"

하곤, 줄리 선생이 맞은편에 자리한 조 씨를 보았다.

"조평안 어르신 맞죠?"

"예, 예, 평안입니다."

조 씨는 건성으로 대답하며 구리색 머리에 눈동자가 파란 서양 아녀자가 우리말을 썩 잘하는 게 신기하다는 듯 멍청히 바라보았다.

"성환에서 오신 이 씨 노인 가족은 만나 보셨습니까?"

현 선생이 줄리 선생에게 궁금한 점부터 물었다.

"오전에 접견했습니다."

"그렇다면 결과는요?"

현 선생은 그네가 쥐고 있는 손수건에 눈을 주었다.

"참, 점심은 드셨어요?"

줄리 선생이 말을 바꾸었다. 고속도로 휴게소에서 간단히 먹었다고 현 선생이 대답하자, 우리 측에서 대접해야 하는데 결례가 되었다며, 줄리 선생이 서둘러 자리에서 일어섰다.

"다들 기다리고 있으니 객실로 올라가십시다. 그쪽 가족이 묵는 객실에서 접견하기로 했으니깐요."

테이블 사이를 빠져나오다 현 선생과 황 이장의 눈길이 마주쳤다. 황 이장이 이미 결판이 났다는 듯 눈을 찡끔했다. 현 선생 직감도 그랬다. 줄리 선생이 묻는 말에는 대답 않고 딴전을 피운 것만 봐도 동기간 상봉에 감격한 나머지 잠시 잊고 있던 조 씨를 떠올리고 급히 커피숍으로 나왔음이 틀림없다고 판단했다. 만나 봐야 헛수고이겠지만 서울까지 힘든 걸음 했으니 접견하지 않을 수 없는, 마지못한 걸음임에 틀림없었다.

커피숍 계산대 앞에 현 선생이 나서는 걸 줄리 선생이 앞질러 찻값을 냈다. 네 사람은 객실로 올라가는 엘리베이터를 탔다. 황이장은 층수를 더해 가며 깜박대는 숫자를 보다 더 못 참겠다는 듯 답답한 침묵을 깼다.

"성환 부근 도로에서 비행기 폭격당했겠다, 평안도 안주군 출신에다, 성씨가 이 씨라면, 그분이 틀림없겠군요. 기왕지사 이렇게 된 일, 우리는 모처럼 서울 구경이나 하고 내려갈랍니다."

황 이장이 헛기침 끝에 볼멘소리로 말했다.

"그렇지 않습니다. 제가 당사자가 아니라 말을 조금 아끼고 있을 뿐입니다. 지금 곧 안나 리 여사 가족을 만나 보세요."

줄리 선생 목소리에 당황기가 스며 있었다. 그네가 현 선생에게 속삭이듯 말했다.

"퀴즈의 숨은 그림을 찾듯, 안나 리 여사 질문이 용의주도했습니다. 디엔에이 검사까지 가야 할 정도로는…… 이 세상 하늘 아래 전쟁으로 이별한 후 평생 동안 소식 모른 채 살고 있는 혈육이 그렇게 많다니. 한국은 지구상에 혈육의 이별을 가장 많이 체험한 사람들이 살고 있는 나라 같아요. 아직도 풀리지 않은 그 맺힌 한을 천상에서나 풀려는지…….”
 줄리 선생이 손수건으로 눈자위를 찍었다.
 12층에서 일행은 엘리베이터를 빠져나왔다. 줄리 선생이 앞장섰다. 코너를 돌아 첫 번째 객실 문 앞에서 그녀가 손기척을 냈다. 기다리고 있었다는 듯 40대 초반의 금발 머리 서양 여자가 문을 열어 주었다. 안나 리 여사 며느리였다. 줄리 선생이 비켜서며 길을 내주자 현 선생이 주춤거리는 조 씨를 뒤허리를 밀어 앞장세웠다.
 침대방은 따로 있는 듯 넓은 거실에 아들딸을 양쪽에 거느린 몸매 여윈 안나 리 여사가 정중앙 자리 휠체어에 앉아 있었다. 나이 치고 별 주름살 없이 곱게 늙은 그녀는 반백이 된 머리칼을 쪽 머리로 단정히 빗어 묶었고 자주색 스웨터 차림이었다. 군살 없는 달걀형 얼굴에 뾰조록한 턱이 조 씨와 닮았음을 현 선생과 황 이장이 한눈에 알아보았다. 그러면 그렇지 이 늙은이 눈은 못 속여, 하고 황 이장이 입속말을 중얼거리며 조금 전과 달리 어깨에 으쓱 힘을 주었다.
 안나 리 여사의 자녀는 동서양 피가 섞여 혼혈 티가 났다. 남매는 근엄한 표정의 안나 리 여사와 달리 푸근한 미소를 머금은 채 의자에서 일어나 조 씨를 맞았다. 조 씨는 어설픈 웃음을 입가에 물고 연방 머리를 조아렸다. 줄리 선생이 나서서 서로를 소개하자 그들은 한국말과 프랑스말로 인사를 교환했다. 안나 리 여사만이 휠체어에 꼿꼿이 앉아 정기 반짝이는 눈으로 꾸부정한 조 씨를 뜯어보고 있었다.

"모두 앉으시지요."

줄리 선생이 준비된 의자에 조 씨 일행을 권했다.

조 씨를 가운데로 하여 현 선생과 황 이장이 자리를 정하자, 열심히 서로 면면을 살피는 가운데 먼저 입을 떼는 사람이 없었다. 안나 리 여사 며느리가 차반에 올린 오렌지 주스를 탁자로 날랐으나 아무도 잔에 손을 대지 않았다. 현 선생이 줄리 선생에게, 조평안 노인이 귀가 어둡다는 점을 작은 소리로 환기시켰다.

재판정에 나온 피고인처럼 탁자 건너에 꾸부정히 앉은 조 씨를 찬찬히 보던 안나 리 여사가 직감으로 무엇을 잡았는지 프랑스어 입속말로, 아버지가 살아 계셔 나이 들었다면 저런 모습일까 하고 가볍게 탄식을 흘렸는데 그 말은 양옆에 앉은 두 자식 귀에도 들릴락 말락 했다.

— 선생님은 자녀가 없습니까?

제네바 대학에서 동양사를 가르치는 안나 리 여사 딸이 조 씨를 보고 먼저 입을 떼었다. 검은 머리칼에 피부색은 동양인이었으나 동그란 이마에 깊은 갈색 눈이 아름다운 중년 여인이었다.

"뭐랍니까?"

중절모를 벗어 무릎에 얹은 황 이장이 윗몸을 앞으로 빼고 탁자 옆에 자리를 정한 줄리 선생에게 물었다.

줄리 선생이 조 씨를 보며 통역을 했다.

"자식 말이오? 없습니다. 그게 말입니다……."

조 씨가 뒤통수를 긁으며 수줍게 웃었다.

"내가 말하지요."

큰기침하며 황 이장이 나섰다.

"혈혈단신*이라 마을에서 장가를 보내 주었지요. 그런데 조 씨 팔자가 그런지, 여편네가 한 달을 못 넘겨 도망쳐 버렸으니. 조 씨가 밤마을** 나왔을 때 염소까지 몰고 줄행랑을 놓았답니다. 자식 만들기에는 지장이 없는 것 같은데, 조 씨가 사람이 좀 그렇다보니 마누라 간수를 잘 못한 거지요. 그래서 제삿상 차려 줄 손이라도 봐야 하잖느냐며 마을에서 새로 여자를 맞춰 주려 했더니 본인이 한사코 싫대요. 또 전쟁이 나면 어쩌냐며. 그 후론 여태까지 궁상맞은 홀아비로 살아왔지요."

줄리 선생 통역에 안나 리 여사만 빼고 그쪽 가족이 모두 웃었다. 코발트색 양복의 정장 차림인 아들이 가장 큰 소리로 웃자, 안나 리 여사가 아들에게 눈총을 주었다.

이제 어머님이 말씀하시라며, 제 남편이 앉은 의자에 기대어 선 안나 리 여사 며느리가 프랑스말로 말했다. 손수건으로 입을 가리고 있던 안나 리 여사가 혼잣말인 듯 중얼거렸다.

-불쌍한 사람, 제 이름조차 잊었다니.

줄리 선생이 그 중얼거림을 옮길까 말까 망설이다 그만두었다. 안나 리 여사가 손수건으로 눈자위를 찍었다. 그네 눈이 충혈되

· 혈혈단신: 의지할 곳이 없는 외로운 홀몸
·· 밤마을: 밤에 이웃이나 집 가까운 곳에 놀러 가는 일

어 있었다.

"조 씨 말이오, 전쟁 난 이듬해 마을로 처음 들어왔을 때 제 이름도 모른 채 오마니, 누이 하며 두 사람만 찾았다오. 평안도 말씨를 쓰기에 이북 거기서 피난 나온 아이인 줄 알고 마을에서 평안이라 이름 지어 주었지요."

황 이장이 말하며 조 씨 옆구리를 집적였다.

"이 사람아, 꾸어다 놓은 보릿자루처럼 앉았지 말고 뭐라고 운 좀 떼어 봐."

"내가 무슨 할 말이 있게. 저분이 누이라구? 글쎄……."

조 씨가 머리를 설레설레 흔들었다. 그는 여전히 누이가 전쟁 때 죽었다는 생각에서 헤어나지 못하고 있었다.

줄리 선생이 안나 리 여사 가족에게 황 이장 말과 조 씨 반응을 통역했다. 안나 리 여사 가족은 무슨 말인지 이해가 간다는 듯 머리를 끄덕였다. 현 선생은 이쯤에서 자기가 나설 차례임을 알았다.

"조평안 영감님은 전쟁 전 기억을 상실한 채 어머니와 누님이 그 춥던 겨울에 비행기 폭격으로 사망했다는 사실만 어렴풋하게 기억할 뿐입니다. 이수옥 여사께서 전쟁 당시 사실을 말씀해 준다면 조평안 영감님 잠재의식 속에 묻힌 기억의 실마리가 풀려 나올지 모릅니다. 저는 그 점이야말로 두 분이 혈육임을 밝혀내는 가장 중요한 단서가 될 거라고 믿습니다."

현 선생이 준비해 두었던 말이었다.

줄리 선생은 손짓을 해 가며 현 선생 말을 부지런히 옮겼다.

제네바 국제 금융 기관에서 일한다는 안나 리 여사의 아들이 나섰다.

−어머니는 한국 전쟁으로 가족을 잃었기에 그 상처가 너무 커 한국말은 일절 입에 담지 않아 지금은 한국말을 거의 잊어버렸습니다. 미국으로 건너가 10년을 사셨는데, 그런 의미에서 영어도 마찬가집니다. 미군 비행기 폭격으로 어머니와 동생을 잃게 되었으니까요. 미국에 사는 동안 어머니 기도 제목이 뭔지 아십니까? 미국이 아닌, 영어를 사용하지 않는, 전쟁이 없는 나라에서 살고 싶다였답니다. 그 기도를 신이 허락했는지, 아버지를 만난 겁니다. 스위스는 프랑스어, 독일어, 이탈리아어를 공용하지만 영어를 쓰지 않으며 영세 중립국으로 전쟁이 없는, 평화의 가치를 소중히 여기는 국가입니다. 어머니가 영어를 사용한 경우가 꼭 두 번 있었는데, 미국의 양부모님을 스위스로 초청했을 때였습니다. 어머니는 그 미국분들 은혜를 평생 잊을 수 없다고, 어릴 때부터 우리에게 늘 말씀하셨습니다. 미국 한 가정이 어머니의 미래를 열어 주었으나, 소녀 시절 한국에서 받은 미국에 대한 좋지 않은 감정만은 우리 어릴 때나 지금이나 변함이 없습니다. 그 이유를 알기에 우리는 어머니 마음을 충분히 이해합니다.

줄리 선생이 수첩에 안나 리 여사 아들 말을 부지런히 메모했고, 프랑스말을 한국말로 옮기느라 애썼다. 그네가 통역에 얼마나 열심이었던지 이마에 땀이 맺혔다. 줄리 선생의 통역이 끝나자, 이제 안나 리 여사 딸이 나섰다.

―어머니는 전쟁으로 굶주리는 아이들에 대한 애정이 각별한 분입니다. 내전을 겪는 아프리카의 결식 아동 돕기 시민 단체에 평생을 헌신해 오셨습니다. 아프리카 오지를 수십 차례 다녀오셨고요. 최근에는 북한 경제 사정이 나빠져 식량 부족으로 어린이들이 영양 결핍으로 몹시 어렵게 지낸다는 걸 알고 어머니가…….

안나 리 여사가 손을 저으며 딸의 말을 막았다.

―네 말을 중간에 끊어 미안하다만 너희들의 그런 내 소개가 지금 꼭 필요하다고 생각하느냐? 우리가 이 상면의 본질을 놓치고 있는 건 아니냐?

―죄송해요.

줄리 선생이 모녀의 그런 대화까지 통역하지는 않았다.

안나 리 여사가 조 씨를 정면으로 주시했다. 갑자기 긴장된 분위기가 흘렀고 실내 공기가 침묵으로 팽팽해졌다. 안나 리 여사가 침착한 어조로 조 씨에게 물었다.

―아버지가 전사했다는 통지서가 집으로 배달되었던 그해 가을, 어머니가 우리를 안고 오랫동안 섧게 우신 걸 기억합니까?

줄리 선생 통역에, 조 씨가 안나 리 여사를 멀거니 보며 눈만 껌벅였다.

―그날 진종일 가을비가 내렸는데…….

조 씨는 도무지 생각이 나지 않는다는 멍청한 표정으로 머리를 저었다.

―어머니와 우리가 피난 내려올 때, 지프차 타고 후퇴하던 미군들이 차에서 내리더니 피난민 대열에서 장정들만 따로 골라 내어 두 손을 들게 하여 한자리에 모아 놓고 불문곡절* 총 쏘아 죽인 걸 기억합니까? 그때 미군들이 겁먹은 장정들을 거칠게 다루며 외친 말을 나는 똑똑히 들었습니다. 미국에 가서야 그 말뜻을 알게 되었는데, 차마 입에 담을 수 없는 인간 비하의 욕설이었습니다. 인민군이 민간복으로 바꾸어 입고 피난민 대열에 섞여 있다고, 그들은 인간으로서는 차마 할 수 없는 그런 짓을 저질렀지요. 그때 미군을 보았던 게 생각납니까?

안나 리 여사 말을 줄리 선생이 통역하자 황 이장이 중절모 든 손을 내저으며 불끈 나섰다.

"그건 이 여사가 잘못 알고 있는 겁니다. 어릴 때 당한 일이라 오해하고 있어요. 피난민 대열 속에 인민군이 민간인 복장을 한 채 총을 피난 보따리에 감추고 끼어 있다가 미군을 만나면 드르륵 갈겨댔대요. 그런 일이 비일비재하자 미군들은 불시에 또 그런 변을 당할까 봐 피난민 대열만 만나면 잔뜩 겁먹어……."

황 이장 말을 귀 기울여 듣던 조 씨가 벌린 입을 다물지 못한 채 풍 맞은 듯 떨어댔다. 무릎에 얹힌 손까지 심한 경련을 일으키더니, 갑자기 머리를 흔들며 소리쳤다.

* 불문곡절: 어찌 된 사정인지를 묻지 아니함.

"아니요. 피난 나오다…… 난 못 봤어요. 정말 못 봤구, 아무것도 몰라요!"

실내 분위기가 갑자기 어수선해졌다. 안나 리 여사 자녀와 며느리가 눈을 크게 뜨고 잠시 제정신을 놓친 듯한 조 씨를 주목했다. 줄리 선생은 분위기가 이렇게 돌아가서는 안 되는데 하는 언짢은 표정이었고, 현 선생은 남의 말을 가로채어 끼어드는 황 이장이 그만 나서 주었으면 하는 눈길로 이장을 보았다. 오직 침착한 태도와 냉정한 표정을 그대로 유지한 이는 안나 리 여사였다. 그네가 주위의 그런 분위기에 아랑곳 않고 애써 설움을 억제하며 조 씨에게 말했다.

−어린 동생 데리고 하염없이 걷고 걸었던 그해 겨울 추위와 배고픔을 나는 이날 이때까지 하루도 잊어 본 적 없답니다. 그럼 내가 묻겠어요. 어머니가 숨을 거두었던 겨울밤은 생각납니까?

줄리 여사 통역을 듣던 황 이장이 답답해 미칠 지경이란 듯 조 씨 무릎을 흔들며 조 씨 귀에 대고 큰 소리로 말했다.

"이 사람아, 그건 기억난다고 했잖아. 꾸물대지 말구 어서 말해 봐!"

"그래, 그래. 기억나."

그제야 조 씨가 머리를 끄덕였다.

−그렇다면 어머니가 숨 거둔 그날 밤, 하늘을 보고 내가 했던 말을 기억합니까?

안나 리 여사도 답답했던지 프랑스말에 달아 천장을 쳐다보며,

"별, 별 말입니다!"

하고 분명한 한국 발음으로 강조했다. 그네는 터지려는 울음을 손수건으로 막았다. 한순간에 실내는 숙연해졌고 모두의 시선이 조 씨 얼굴에 쏠렸다.

"별?"

조 씨가 천장을 올려다보며 눈을 깜박이더니 추위를 타듯 어깨를 움츠리고 온몸을 떨어댔다.

"하늘의 별?"

"별 보구 내 뭐라 말했어?"

봇물이 터진 듯 안나 리 여사 입에서 자연스럽게 한국말이 터졌고 낮춤말을 썼다. 그네가 팔걸이 쥔 손에 얼마나 힘을 주었던지 휠체어가 흔들렸다.

"오마니별, 거기 있어……."

허공을 보는 조 씨 입에서 꿈결이듯 그 말이 흘러나왔고 눈동자가 뿌옇게 풀어졌다.

손수건으로 입을 막아 격한 감정을 다스리던 안나 리 여사의 비탄이 터진 것은 그 순간이었다.

-오마니별을 알다니! 내 동생이 틀림없어!

엄마가 숨을 거둔 겨울밤이었다. 폭격으로 반쯤 허물어진 빈집의 무너진 천장 사이로 밤하늘이 보였고, 찬 별들이 하늘 가득 보석처럼 박혀 있었다. 헌 이불을 둘러쓰고 서로 껴안아 체온으로 밤을 새울 때, 밤하늘의 별을 보며 누이가 말했다.

"중길아, 저 하늘에 반짝이는 별 두 개를 봐. 아바지별과 오마니별이야. 천지강산에 우리 둘만 남기구 아바지가 오마니 데빌구 하늘에 가서 별루 떴어. 저기, 저기 오마니별 보여?"

"중길아! 네 이름은 이중길이야. 여기루 오라구!"

안나 리 여사가 떨리는 두 팔을 한껏 벌리고 외쳤다.

그 순간을 놓치지 않겠다는 듯 현 선생이 앞으로 나서며 카메라를 들이댔다. 안나 리 여사 며느리는 뒤쪽에 따로 준비해 둔 한 아름 생화 꽃다발을 들고 활짝 웃으며 조 씨 쪽으로 걸어왔다.

5

빨간 호리병박

차오원쉬엔

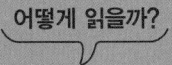

① 두 주인공 사이의 감정이 시간의 흐름에 따라 어떻게 달라지는지 주의 깊게 살펴보세요.
② 빨간 호리병박이 무엇을 상징하는지 그 의미를 생각해 보세요.

대문만 나서면 뉴뉴는 언제나 완이라는 남자아이가 선명한 빨간 호리병박을 품에 안고 헤엄치는 모습을 볼 수 있었다. 뉴뉴는 언제나 완을 보고도 못 본 척했다. 집을 나선 뉴뉴의 눈에 완의 모습이 들어오면, 그녀는 고개를 돌려 울타리를 기어 올라가는 오이 덩굴이나 작은 나뭇가지에 매달린 동글동글한 새집에 눈길을 주곤 했다.

하지만 뉴뉴의 귀만큼은 완이 물장구를 치는 힘찬 소리에 귀를 기울일 수밖에 없었다. 그리고 그 소리에 이끌려 그녀의 눈길도 어느덧 물장구를 치는 완에게 향하곤 했다. 물론 완을 쳐다보면서도 표정은 언제나 무관심을 가장하고 있긴 했지만 말이다.

뉴뉴는 완에 대해 아는 것이 거의 없었다. 알고 있는 것이라고는 완의 아버지가 근방 100여 리에서 아주 유명한 사기꾼이라는 사실뿐이었다.

큰 강은 길디길고도 넓디넓었다. 뉴뉴의 집과 완의 집은 멀리서 서로 마주 보고 있었다. 강 이편에는 뉴뉴의 집 한 채뿐이었고, 강 저편에는 완의 집 한 채뿐이었다. 마치 끝도 없는 세상 속에 그 집 두 채만이 외떨어져 있는 것 같았다.

큰 강은 종일 잔잔히 흘러갈 따름이었다. 가끔씩 멀리서 끼기

긱거리는 봉선*의 노 젓는 소리가 들려 왔지만, 그 소리는 적막 속에서 더 크게 울리며 강 끝 너머로 천천히 사라져 가곤 했다.

여름이면 강의 양쪽 기슭을 뒤덮은 갈대만이 소리 없이 하늘을 찔러, 이편에서 저편을 바라보면 맞은편 집의 지붕 끝자락만 보였다.

매일 해가 뜰 무렵이면, 완은 갈대숲을 가르며 강가에 나타났다. 그는 먼저 빨간 호리병박을 강물 속에 던져 넣은 후, 이내 물속으로 뛰어들었다. 물은 조금 차가웠다. 완은 과장된 몸짓으로 온몸을 떨더니 하늘을 향해 한껏 소리를 질렀다. 그러고는 자맥질** 치며 물속으로 들어가서는, 있는 힘껏 손과 발을 저으며 첨벙대는 소리를 냈다.

푸른 물 위에 떠 있는 빨간 호리병박은 갓 솟아오른 작은 태양처럼 반짝거렸다. 이 고장의 아이들은 항상 햇볕에 잘 말린 커다란 호리병박을 손에 쥐고 헤엄을 쳤다. 그것은 말하자면 도시 아이들이 사용하는 튜브와도 같은 것이었다. 배에서 살아가는 아이들의 허리춤에도 언제나 호리병박이 매달려 있었다. 실수로 물에 빠졌을 때를 대비하기 위해서였다. 호리병박에 새빨간 칠을 해 놓은 것도 눈에 잘 띄어 쉽게 찾도록 하기 위해서였다. 물 위에 떠 있는 빨간 호리병박은 너무나도 눈부시게 반짝거려서 똑바로 쳐다볼 수 없을 정도였다.

* 봉선: 햇빛이나 비, 바람, 추위 등을 막기 위해 대나무나 천 등으로 만든 덮개를 씌운 배
** 자맥질: 물속에서 팔다리를 놀리며 떴다 잠겼다 하는 짓

완이 헤엄치는 모습은 근사했다. 두 손으로 힘껏 물살을 헤쳐 나갈 때면 하늘 높이 물보라가 튀어 올랐고, 재빨리 몸을 틀어 방향을 바꿀 때면 커다란 파문이 일면서 물결이 둥그렇게 그를 감싸안았다. 하늘로 솟구친 물보라는 얇디얇은 폭포를 이루었는데, 그 폭포는 햇살 아래서 무지갯빛으로 반짝였다.

뉴뉴의 새까만 눈동자는 그 모습과 그 소리, 그리고 그 아름다운 색깔들이 뿜어내는 유혹을 차마 떨쳐 버릴 수가 없었다. 그녀는 강 쪽을 바라볼 수밖에 없었다. 뉴뉴는 무지갯빛 폭포에서 눈길을 뗄 수가 없었고, 발가벗은 완의 모습과 그의 빨간 호리병박에서 눈길을 뗄 수가 없었다.

완은 강가에 있는 한 쌍의 눈동자가 언젠가는 자신을 쳐다보리

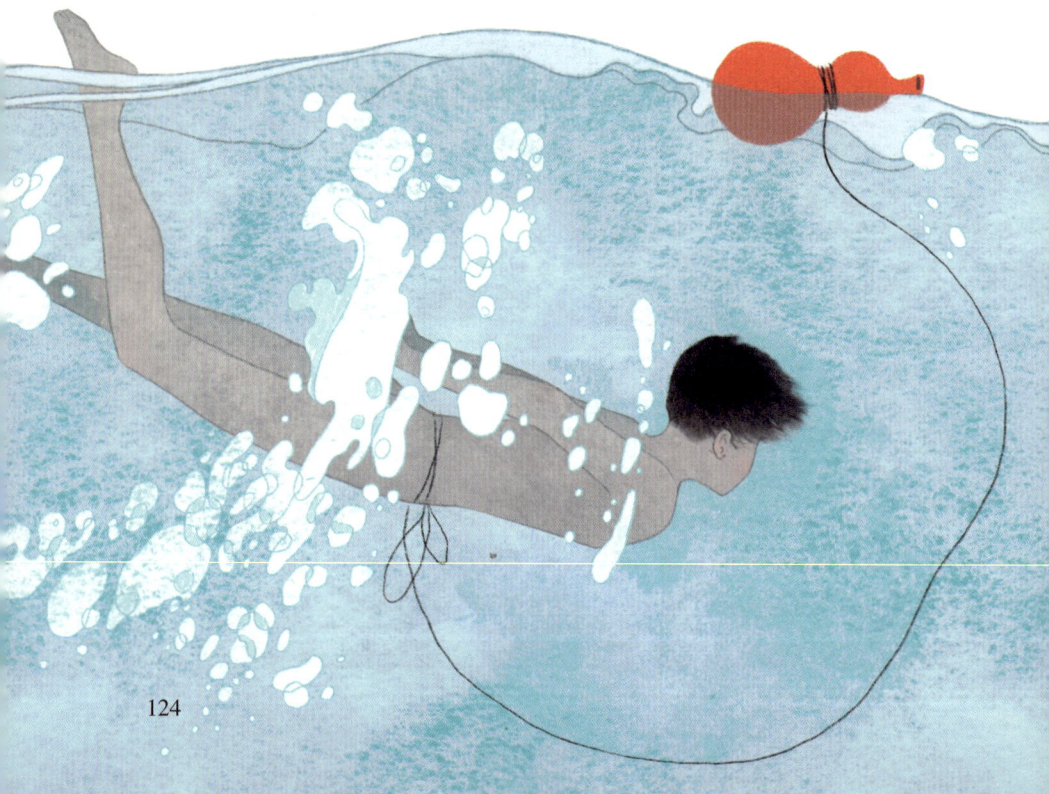

라는 사실을 알고 있었다. 그래서 그는 더욱더 힘차게 자신의 수영 실력을 과시하곤 했다.

완은 발가벗은 모습으로 물 위에 누웠다. 한 팔은 팔베개를 하고 다른 한 팔로는 호리병박의 허리춤을 단단히 틀어쥔 채로 누워 있으니, 마치 큰 침대에 누워 잠을 자는 것처럼 온몸이 편안했다. 그는 온몸에 부딪히는 잔잔한 강물의 흐름을 만끽하며 물결과 함께 천천히 흘러갔다.

그 모습을 본 뉴뉴는 알지 못할 어떤 경이로움에 사로잡혔다. 하지만 그녀는 자신이 느끼는 경이로움이 저 강물이 보여 주는 부력* 때문인지, 아니면 저렇게 편안하게 물 위에 누워 있을 수 있는 완의 수영 실력 때문인지는 알 수 없었다.

바람의 방향 때문에 완은 뉴뉴가 서 있는 쪽으로 천천히 다가오고 있었다. 뉴뉴는 처음으로 완의 모습을 제대로 볼 수 있게 되었다. 가까이서 본 완의 첫인상은 별로였다. 깡마른 데다 그다지 잘생긴 얼굴도 아니었다.

완은 이제 막 잠에서 깨어난 것처럼 기지개를 켰다. 그러고는 다시 물속으로 풍당 뛰어들어 갔다가 빙글빙글 돌더니, 이내 다시 물 위로 떠올랐다. 물 위로 올라온 완은 뉴뉴를 힐끗 쳐다보았다. 뉴뉴가 자기에게 주의를 기울이고 있다는 생각이 들자, 완은 앞으로 헤엄쳐 오면서 휙 하고 등을 구부려 물속으로 곤두박질쳐

---

* 부력: 기체나 액체 속에 있는 물체가 그 물체에 작용하는 압력 때문에 중력에 반하여 위로 뜨려는 힘

들어갔다. 하지만 쇠꼬챙이처럼 깡마른 두 다리는 수면에 꼿꼿이 서 있었다. 뉴뉴는 그 모습이 우스워 웃음을 터뜨렸다. 하지만 물속에 머리를 박고 있는 완은 그 모습을 볼 수가 없었다.

그때 잠자리 한 마리가 완에게로 날아왔다. 꼼짝도 않고 있는 완의 깡마른 두 다리를 대나무 작대기쯤으로 여긴 모양이었다. 힘겨운 날개를 쉬기라도 할 양인지 잠자리는 몸을 비스듬히 하여 천천히 완의 다리를 향해 날아가더니 발바닥 한가운데에 살며시 내려앉았다.

잠자리의 작고 미세한 발톱이 발바닥에 닿자, 완은 간지러움을 참을 수가 없었다. 순간 완은 몸을 뒤집어 물 위로 튀어 올랐다. 물 위로 머리를 내민 완은 물을 털어 내려고 머리를 힘껏 휘저었다. 그 바람에 사방으로 물방울이 튀었다. 그리고 물방울들과 함께 완의 두 눈망울도 반짝반짝 빛났다.

그 모습은 참으로 인상적이었다. 완은 입을 쑥 내밀고는 아주 쾌활하게 물을 뿜어 댔다.

그 모습을 본 뉴뉴가 강 쪽으로 다가왔다. 그러자 완은 천천히 잠수를 하더니 마침내 자취를 감추어 버렸다.

뉴뉴는 완의 모습을 찾아 강 여기저기를 훑어보았다. 그때만 해도 뉴뉴는 아무런 생각이 없었다. 그런데 완은 물속에 들어가서 한참 지났는데도 물 위로 떠오르지 않았다.

물 위에는 빨간 호리병박만 외로이 떠 있었다. 뉴뉴는 갑자기 무서운 생각이 들었다. 자리에서 벌떡 일어난 뉴뉴는 눈동자를 재빨리 굴리며 완의 모습을 찾아 물 위를 이리저리 훑어보았다. 하지만 여전히 빨간 호리병박만 보일 뿐이었다.
 큰 강물은 죽은 듯이 고요했다.
 "엄마! 엄마!"
 뉴뉴가 고함을 쳤다.
 집 뒤편에서 뉴뉴의 엄마가 걸어 나왔다.
 "뉴뉴!"
 "엄마! 엄마!"
 "뉴뉴, 왜 그러니?"
 "걔가……."
 그때 근처의 연잎 사이로 미소 띤 얼굴 하나가 불쑥 솟아올랐다. 순간 뉴뉴는 큰 소리가 터져 나오려는 자신의 입을 두 손으로 막아 버렸다.
 "뉴뉴, 왜 그러냐니까?"
 엄마가 다가오며 물었다.
 뉴뉴는 몸을 돌려 엄마에게로 걸어갔다.
 "무슨 일이니?"
 엄마가 다시 물었다.
 하지만 뉴뉴는 고개를 가로저으며 곧장 집으로 들어가 버렸다.

 그 후 며칠 동안 완은 뉴뉴를 볼 수 없었다. 아무리 첨벙첨벙 물소리를 내도, 아무리 소리를 질러도 뉴뉴는 강가로 나오지 않앉다.

뉴뉴가 나와 주기를 포기할 즈음, 완은 빨간 호리병박을 안고 예전에 자주 가던 강 한가운데 작은 섬으로 향했다.

그 섬은 정말 작디작았다. 그 섬은 뉴뉴를 만나기 전까지만 해도 완 혼자서 온종일 시간을 보내던 곳이었다. 그가 거기서 도대체 뭘 하며 시간을 보내는지는 아무도 알 수 없었다.

한편 뉴뉴는 강가에 나오지는 않았지만, 언제나 문 뒤에 숨어서 완이 하는 모든 행동을 지켜보았다. 그리고 자신이 강가에 나오기를 완이 바라고 있다는 사실도 알고 있었다.

그렇게 또 며칠이 지났다. 이제는 완도 뉴뉴가 강가에 나오리라고는 기대하지 않게 되었다. 강가로 나온 완은 조금도 머뭇거리지 않고 곧장 작은 섬으로 향했다. 그런데 그때 뉴뉴가 대나무 작대기 하나를 들고 강가에 나타났다. 빨간 윗도리를 입은 뉴뉴는 바지 자락을 무릎까지 걷어 올리고 있었다.

맞은편 강가에 앉아 있던 완은 빨간 호리병박을 옆에 둔 채 뉴뉴를 바라보았다.

강가로 걸어 나온 뉴뉴가 대나무 작대기로 마름* 잎사귀들을 뒤적거리자, 마름 열매가 모습을 드러냈다. 뉴뉴는 작대기를 이용해서 마름을 자기 쪽으로 끌어당긴 뒤, 빨간 마름 열매를 땄다. 하지만 대부분의 마름들은 대나무 작대기로도 닿지 않는 먼 곳에

---

* 마름: 연못이나 늪에서 자라는 한해살이풀로, 진흙 속에 뿌리를 내리고 줄기가 물 위로 자란다.

있었다. 발뒤꿈치를 들고 한껏 팔을 뻗어 가며 한참 애를 쓴 후에야, 뉴뉴는 마름 열매 몇 개를 간신히 손에 넣을 수 있었다.

그 모습을 본 완은 호리병박을 품에 안고 물속으로 뛰어들었다. 완은 가뿐하게 헤엄치며 뉴뉴가 있는 쪽으로 다가왔다. 뉴뉴는 대나무 작대기를 손에 쥔 채 완이 가까이 오는 모습을 보고 있었다.

마름이 있는 곳까지 헤엄쳐 온 완은 커다란 연잎 하나를 따더니, 마름 잎사귀를 뒤적이며 마름 열매를 찾아다녔다. 마름 열매는 큰 것이 좋긴 하지만, 양쪽으로 굽은 모양이 예쁘고 그 끝이 뾰족해야 잘 익은 것이다. 완은 마름 잎사귀 사이를 뒤적이면서 그렇게 잘 익은 것만 골라 딴 후, 그것을 연잎으로 쌌다. 새파란 연잎 위에 순식간에 새빨간 마름 열매들이 한 무더기 쌓였다. 연잎 위에 더 이상 담을 수 없게 된 다음에도, 완은 몇 개를 더 따서는 두 손에 담아 들고서 뉴뉴가 있는 쪽으로 다가왔다. 그는 열매가 쏟아지지 않게 천천히 걸음을 옮기며 물 바깥으로 나왔.

확실히 완은 깡마른 체구였다. 가슴 양쪽으로 나란히 드러난 갈비뼈가 선명하게 보일 정도였다. 게다가 햇볕에 그을려 아주 새까맣게 보였다. 마른 체구에 새까만 완의 모습은 정말 보잘것없었다.

완은 뉴뉴를 향해 마름 열매가 든 두 손을 내밀었다. 하지만 뉴뉴는 손을 내밀지 않았다. 완은 마름 열매를 뉴뉴의 발 아래 가만히 내려놓고는 뒤돌아 강 쪽으로 걸어가 버렸다. 뉴뉴는 가냘픈

그의 등을 바라보며 꼼짝 않고 서 있기만 했다.

빨간 호리병박을 안고 있는 완의 눈동자에는 뭔지 모를 진심이 가득 차 있는 것만 같았다.

뉴뉴는 천천히 무릎을 꿇고 앉아 두 손으로 연잎을 받쳐 들었다. 그 순간 완의 눈동자가 감격으로 빛났다.

"뉴뉴!"

엄마가 부르는 소리에 뉴뉴는 대답하지 않았다.

"뉴뉴!"

엄마가 자신을 찾으려고 이쪽으로 오고 있었다. 뉴뉴는 손 위에 놓인 마름 열매만 쳐다보면서 어쩔 줄 몰라 했다.

"뉴뉴, 어디 있니?"

뉴뉴는 마름 열매를 원래 있던 자리에 다시 내려놓고는 몸을 돌려 엄마에게 소리쳤다.

"저 여기 있어요!"

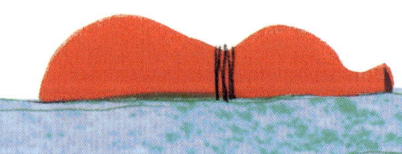

"뉴뉴, 어서 와라. 엄마랑 외할머니 댁에 가게."

강기슭을 기어 올라가던 뉴뉴는 고개를 돌려 완을 한 번 쳐다보고는 다시 고개를 숙인 채 엄마에게로 걸어갔다.

집으로 들어가면서 뉴뉴는 엄마에게 물었다.

"엄마, 쟤네 아빠가 정말로 사기꾼이에요?"
"누구 말이니?"
뉴뉴는 손가락으로 강 건너편을 가리켰다.
"걔네 아빠는 감옥에 들어간 지가 벌써 3년이나 됐어."
뉴뉴가 다시 고개를 돌려 강 쪽을 바라보았을 때는 완이 저만치서 헤엄치는 모습만 보였다. 완은 빨간 호리병박을 안고 강 한가운데 있는 작은 섬을 향해 가고 있었다.

뉴뉴는 예전과 마찬가지로 매일매일 강가에 나왔다.
완은 뉴뉴에게 강의 매력을 보여 주려는 듯했다. 그리고 그 강 속에서 자유롭게 헤엄치는 자신을 한껏 과시함으로써 뉴뉴를 은근히 매료시켰다. 때로는 뉴뉴에게 잘 보이기 위해 의식적으로 멋진 자세를 취하기도 했다.
여름은 점점 깊어 가고 대지는 뜨거울 대로 뜨거워졌다. 한낮이 되면 짙푸른 갈대들도 더위에 지쳐 고개를 숙였다. 그늘 속에서 아낙네의 베 짜는 듯한 쇳소리가 흘러나와 한낮의 열기와 건조한 적막을 더욱 짙게 만들었다. 7월의 높푸른 하늘 아래는 온종일 열기만이 춤을 추었다.
차가운 강물이 뉴뉴를 유혹했다. 뉴뉴는 강 속으로 뛰어들고 싶었다.
"넌 왜 종일 물속에만 있니?"
뉴뉴가 완에게 물었다.

"물속이 얼마나 시원한데."

"정말로 그렇게 시원해?"

"못 믿겠으면 너도 들어와 봐."

뉴뉴는 몸을 돌려 강기슭으로 올라갔다. 그러고는 엄마가 저쪽으로 멀어지는 것을 확인하고서야 다시 강가로 돌아왔다.

"안 깊어?"

"가운데는 깊지만, 나머지는 모두 얕아. 밑바닥도 모래라서 아주 부드러워."

완은 물속에 서서 뉴뉴에게 물 깊이를 확인시켜 주었다. 물은 허벅지가 잠길 정도였다.

그때 갈대숲에서 털이 보송보송한 새끼 오리들이 떼 지어 몰려나왔다. 새끼 오리들은 가볍게 몸을 날려 물속으로 뛰어들더니 유연하게 헤엄쳤다. 조그만 부리로 물을 쪼아 대면서 가끔씩 온몸에 물방울을 튀기는 모습은 참으로 앙증맞았다. 새끼 오리들의 보드라운 털 위로 떨어진 물방울들은 반짝이는 구슬처럼 또르르 흘러내렸다.

청개구리 한 마리가 앉아 있는 연잎 위로 산들바람이 한차례 불어왔다. 바람결에 흠칫 놀란 청개구리가 물속으로 뛰어들었다. 연잎 위에 있던 물방울들이 청개구리를 쫓아 또르르 굴러떨어지며 맑은 물소리를 냈다.

강 위로 맑은 기운이 퍼져 나갔다.

뉴뉴는 강의 유혹을 떨칠 수가 없었다. 강물 속으로 뛰어들 생각에 뉴뉴의 가슴이 마구 뛰었다. 따가운 햇볕에 발갛게 달아오른 뉴뉴의 얼굴은 더욱 빨개졌다.

완은 뉴뉴에게 물속이 얼마나 상쾌하고 편안한지를 보여 주기 위해 한껏 애쓰고 있었다.

뉴뉴는 손을 뻗어 강물에 담가 보았다. 시원한 기운이 손가락에서부터 온몸으로 퍼져 나갔다.

"어서 들어와. 이 호리병박 너한테 줄게."

뉴뉴는 여전히 망설였다.

"무서워할 것 없어. 내가 있잖아."

그 말에 뉴뉴의 마음이 흔들리며 눈동자가 반짝반짝 빛났다. 하지만 발걸음은 여전히 머뭇거리고 있었다.

그 순간 완이 뉴뉴를 향해 갑자기 물세례를 퍼부었다. 달궈진 뉴뉴의 몸에 차가운 물방울이 닿자 뉴뉴는 온몸을 떨며 옆으로 물러섰다.

완은 더 대담하게 물세례를 퍼붓기 시작했다. 뉴뉴는 수줍게 윗도리를 벗어 한쪽에 가지런히 개켜 놓고는 조심조심 물속으로 들어갔다.

물속으로 천천히 들어간 뉴뉴는 우선 무릎을 꿇고 앉아 보았다. 그러고는 두 손으로 물가에 자라난 갈대 줄기를 움켜쥐고 살며시 엎드려 보았다. 두 발로 물을 차자 물방울이 사방으로 튀었다.

물은 확실히 사람을 매혹시키는 힘이 있었다. 일단 한번 물에 들어가자 뉴뉴는 다시는 물에서 나오고 싶지 않았다.

뉴뉴가 물에 들어오자 완은 어떤 책임감 같은 것을 느꼈다. 이제 그는 더 이상 헤엄을 치지 않고 뉴뉴를 보호하는 데만 신경을 썼다.

물은 두 아이 사이의 낯섦과 거리감을 모두 녹여 버렸다. 두 아이는 갈대 수풀 사이에서 우렁이를 잡기도 하고, 얕은 물가를 뛰어다니고 엎어지기도 하며 놀았다. 한 번은 깊은 물속까지 들어가 얼굴만 내밀고 마주 서 있어 보기도 했다. 두 아이에겐 그 순간이 가장 멋진 시간이었다. 강물은 이상하게도 고요했다. 두 아이는 한참 동안 서로의 눈동자를 바라보며 말없이 서 있었다.

며칠이 지났다. 물의 시원함과 부드러움을 한껏 만끽한 뉴뉴는 더 이상 얕은 물가에서 노는 것에 만족하지 않았다. 뉴뉴는 물 한가운데로 들어가 보고 싶었다. 강 건너까지 가 보고도 싶었다. 저 넓은 강물 속을 맘대로 헤엄쳐 다니고 싶었다.

완은 기꺼이 뉴뉴를 도와주었다. 그는 종일 피곤한 줄도 모른 채, 뉴뉴에게 수영하는 법을 가르쳐 주었다.

그들이 함께하는 시간 동안, 하늘의 태양은 황금빛 햇살을 찬란하게 비추었고, 우거진 수풀과 갈대밭은 구름 한 점 없는 하늘과 한데 어울려 눈부시게 빛났다. 완의 마음은 환하게 밝아졌다.

강도 더 이상 외롭지 않았다.

뉴뉴는 하루가 다르게 대담해졌다.

일주일쯤 지나자 뉴뉴는 강 한가운데에 있는 작은 섬에 가 보고 싶은 생각이 더욱 간절해졌다.

"내가 호리병박을 안고 있을 테니까 네가 나를 저 작은 섬까지 데려다줘!"

뉴뉴가 갑자기 완을 향해 말했다. 완은 그렇게 해 주겠다고 했다.

뉴뉴는 빨간 호리병박을 안고 천천히 헤엄쳤다. 그 옆에서 완이 뉴뉴를 도와주었다.

작은 섬은 흙이 그다지 단단하지 않았다. 수면에 간신히 떠 있는 작은 섬은 물기 때문에 흙이 모두 축축했다. 섬에는 커다란 백양나무 수십 그루가 자라고 있었다. 물속에는 곧게 뻗은 백양나무 그림자가 편안히 누워 있었고, 사방에는 온갖 꽃들이 가지각색으로 예쁘게 피어 있었다. 섬 한가운데에는 작은 연못이 하나 있었고, 연못 가장자리 나뭇가지 위에는 물새 몇 마리가 날개를 쉬고 있었다.

뉴뉴는 고개를 들어 위를 올려다보았다. 파란 하늘 위로 백양나무가 곧게 뻗어 있었다.

"너, 여기에 매일 오니?"

"응."

"매일 여기 와서 뭐 해?"

"그냥 놀아."

"여기 재미있는 게 뭐가 있길래?"

"재미있어."

"……?"

"여기 우리 반 친구들하고 노는 거야."

뉴뉴는 완의 말을 이해할 수가 없었다.

'여기는 아무것도 없는 작은 섬인데?'

완은 백양나무 쪽으로 뉴뉴를 데리고 갔다. 그러고는 손가락으로 나무를 가리키며 이렇게 말했다.

"얘는 우리 반의 왕싼건이야."

그제서야 뉴뉴는 나무에 새겨진 글자를 발견했다. 거기에는 '왕싼건'이라는 세 글자가 새겨져 있었던 것이다.

뉴뉴는 다른 나무들도 살펴보았다. 거기에는 각기 다른 이름과 별명들이 새겨져 있었다. 리헤이, 납작코 저우밍, 딩니, 우싼진, 누룽지 쩌우샤오친 등등.

학교 친구를 만난 완은 잠시 동안 뉴뉴의 존재를 잊은 듯, 그들과 신나게 놀기 시작했다. 완은 이 나무에서 저 나무로 뛰어다니기도 하고, 머리 위의 나뭇가지를 흔들어 대기도 하고, 주먹으로 나뭇가지를 치기도 하고, 때로는 나무를 향해 소리치기도 했다.

"납작코야, 이리 와! 안 오면 똥개!"

완은 꼭 미친 사람처럼 나무 사이를 뛰어다녔다. 한참을 뛰어다니느라 온몸에 땀이 흥건히 배고 숨을 헐떡이던 완은 마침내 땅바닥에 쓰러졌다. 그러더니 손으로 얼굴을 가리며 이렇게 말했다.

"싼건, 싼건, 이제 그만! 아야! 그만 때리라니까!"

몸을 일으킨 완은 무언가를 끌어안듯이 하면서 땅바닥을 뒹굴었다.

뉴뉴는 완을 묵묵히 쳐다보고 있었다. 뉴뉴의 발치까지 굴러온

완은 뉴뉴를 보자 그제서야 환상에서 깨어났다. 완은 당혹스러웠다.
"아이들이 너랑 안 놀아 주니? 그런 거야?"
뉴뉴가 물었다.
완은 눈빛이 멍해지면서 우울한 빛을 보였다. 얼굴을 돌린 완은 백양나무 사이로 보이는 아득한 하늘을 바라보았다. 나중에 생각해 보니 그때 완은 울고 있었던 것 같았다.
그 일이 있은 후 한참이 지나서야 뉴뉴와 완은 작은 섬에서 신나게 놀 수 있었다.
어느 날 두 아이는 온종일 집을 짓느라 정신이 없었다. 아이들은 나뭇가지와 갈대 줄기를 가져다가 연못 옆에 집을 지었다. 풀 더미를 한 아름 뜯어다가 자리를 깔았다. 뉴뉴는 갈대 줄기로 집 옆에 닭장을 지어 놓기도 했다. 두 사람은 진흙을 빚어, 부뚜막과 솥을 만들고 여러 가지 그릇과 접시도 만들었다. 그리고 갖가지 들풀을 뜯어다가 냠냠 맛있게 밥을 해 먹는 놀이도 했다.
얼마나 시간이 흘렀을까. 해는 어느새 강 너머로 넘어가고 있었다.
뉴뉴의 엄마가 뉴뉴를 불렀다.
"뉴뉴!"
뉴뉴는 대답하지 않았다.
뉴뉴의 엄마는 계속해서 뉴뉴의 이름을 부르며 저쪽으로 사라져 갔다.
완과 뉴뉴는 할 수 없이 그들의 '집'을 떠나 강가로 나아갔다.

뉴뉴가 빨간 호리병박을 안고 앞에서 헤엄쳐 나가고, 완은 그녀를 보호하며 뒤따라갔다.

석양이 강물을 황금빛으로 물들이고 있었다. 그들은 석양을 맞으며 금빛 물속에서 소리 없이, 그렇지만 편안하게 흘러가고 있었다.

"이젠 강가에 가서 놀지 말아라!"
엄마는 몇 번이고 다짐을 했다.
"왜요?"
"이유는 없어. 어쨌든 이젠 강가에 가지 마. 엄마는 네가 강가에 가는 게 싫어."

뉴뉴는 엄마의 말을 듣지 않고 여전히 강가로 달려갔다. 뉴뉴는 강에 넋을 뺏긴 듯이 보였다.

곡식도 익어 가고 뜨겁게 타오르던 태양도 사그라들었다. 열기가 휩쓸던 하늘에도 이젠 서늘한 바람이 불기 시작했다. 여름이 끝나 가고 있었던 것이다. 하지만 뉴뉴는 아직도 빨간 호리병박 없이는 수영을 할 수 없었다.

"내년 여름에도 나한테 수영을 가르쳐 줘야 해!"
뉴뉴가 말했다.
"사실 지금도 넌 수영할 수 있어. 네가 겁을 먹어서 못 할 뿐이지."
"그래도 내년에 또 가르쳐 줘!"

그러던 어느 날 오후, 뉴뉴가 얕은 물가에서 물장구를 치고 있을 때였다.
"우리, 강 건너까지 한번 가 보자. 넌 호리병박을 안고 가면 될 거야."
줄곧 꼼짝 않고 앉아 있던 완이 뉴뉴에게 제안을 했다.
"무서워."
"내가 있잖아."
"그래도 무서워."
"내가 널 꼭 잡고 있을게. 그래도 안 돼?"
"그럼 좋아. 절대로 날 놓으면 안 돼!"
완은 고개를 끄덕였다.
강 한가운데 이르자 뉴뉴는 자신이 강 양쪽으로부터 아득히 멀리 떨어져 있다는 생각이 들었다. 그 순간 뉴뉴는 갑자기 두려워지기 시작했다. 그때 완은 뉴뉴를 보고 씽긋 웃어 보였다. 그의 웃음은 의미심장했다. 꼭 무슨 음모를 감추고 있는 듯했다.
사방이 온통 강물로만 둘러싸여 있었다. 뉴뉴는 이 강이 너무나 크다는 사실을 처음으로 깨달았다. 뉴뉴는 다시 완을 쳐다보았다. 완은 무표정한 얼굴로 앞만 바라보고 있었다.
"우리 돌아가자!"
"앞으로 가나 돌아가나 멀기는 마찬가지야."
"그래도 무서워."
완은 그래도 계속 앞쪽만 바라보고 있었다. 그는 무언가 결단을 내린 듯했다.

"무섭다니까……."

"무섭긴 뭐가 무서워!"

갑자기 완이 뉴뉴를 꼬옥 끌어안더니 뉴뉴의 손에 들린 호리병 박을 낚아챘다. 뉴뉴는 날카로운 비명을 지르며 물속으로 가라앉았다.

공포에 떨며 두 손으로 물을 움켜쥐면서 뉴뉴는 완을 향해 소

리쳤다.

"호리병박! 호리병박!"

하지만 완은 미소 지으며 뉴뉴에게서 멀어져 가기만 했다.

뉴뉴는 계속 물속으로 가라앉았다. 2초 정도 물속에 잠겨 있던 뉴뉴가 물 위로 튀어 오르더니 겁에 질려 미친 듯이 소리를 질렀다.

"살려 줘!"

그때 강가에 나와 있던 뉴뉴의 엄마가 그 모습을 보았다. 엄마는 순간적으로 넋이 빠져 쳐다보다가 이내 주위를 향해 소리치기 시작했다.

"사람 살려!"

뉴뉴의 입으로 물이 쏟아져 들어왔다. 벌컥벌컥 물을 삼키던 뉴뉴는 정신없이 목구멍을 타고 넘어가는 물에 숨이 막혀 고통스럽게 기침을 해 댔다. 그래도 완은 뉴뉴를 건져 주지 않았다.

다시 한 번 물 위로 솟아오른 뉴뉴는 원망의 눈초리로 완을 쳐다보았다. 밭에서 일을 하던 사람들이 고함에 강가로 달려왔다. 순식간에 사방이 소란스러워졌다.

뉴뉴가 더 이상 몸부림을 치지 않고 그대로 물속으로 가라앉자, 완도 당황하기 시작했다. 완은 재빨리 뉴뉴에게로 다가가 그녀의 두 손을 끌어당겨 빨간 호리병박을 쥐어 주었다.

뉴뉴는 호리병박을 안은 채 두 눈을 꼭 감고 기침을 하며 서럽게 울기 시작했다. 뉴뉴는 울면서 엄마를 불렀다.

완은 무슨 말인가 하고 싶었지만, 말을 할 수가 없었다. 눈앞에 펼쳐진 광경이 너무나도 당혹스러웠기 때문이다. 그는 더 이상 아무 생각도 할 수 없었다. 완은 멍청한 표정으로 호리병박의 허리에 묶인 새끼줄을 잡은 채 뉴뉴를 강가로 이끌고 나왔다.

강가에는 많은 사람이 나와 있었다. 하지만 사람들은 아무 말도 하지 않았다. 그 침묵은 너무나도 무겁게 완을 짓눌렀다. 그 순간 완은 자신이 죄를 지은 듯한 느낌이 들었다.

뉴뉴의 엄마는 더 이상 기다리지 못하고 물속으로 뛰어들었다.

"뉴뉴……."

"엄마……. 엄마……."

뉴뉴는 호리병박을 꼭 끌어안은 채 울음을 터뜨렸다.

완이 뉴뉴를 강가로 끌어올렸다.

호리병박을 손에서 놓자, 뉴뉴는 극도의 공포가 극도의 원망으로 바뀌는 걸 느꼈다. 뉴뉴는 완을 향해 소리 질렀다.

"사기꾼! 넌 거짓말쟁이 사기꾼이야!"

말을 마친 뉴뉴는 엄마 품으로 뛰어들며 온몸을 떨면서 엉엉 울었다.

"뉴뉴, 괜찮아. 뉴뉴! 무서워할 것 없어."

엄마는 뉴뉴를 다독이며 이렇게 말했다.

완은 고개를 떨군 채 그저 서 있는 수밖에 없었다.

뉴뉴의 엄마는 두 눈을 부릅뜨고 완을 노려보며 말했다.

"넌 왜 그렇게 사람을 속이는 거니! 사람들한테 무슨 원수가 졌다고 그런 짓을 한 거야?"

완은 뭔가 말을 하고 싶었지만 그럴 수가 없었다. 두 줄기 눈물이 콧등으로 흘러내렸다.

뉴뉴는 엄마와 함께 집으로 돌아갔다. 다른 사람들도 하나둘 강가를 떠났다.

완 혼자만이 마지막까지 강가에 서 있었다. 그의 머리카락에서 방울방울 물방울이 떨어졌다. 그 물방울은 가냘픈 그의 몸뚱이를 타고 강물 속으로 흘러 들어갔다. 그의 옆에선 빨간 호리병박만이 둥둥 떠다니고 있었다.

강 위로 저녁 바람이 불어오면서 강물이 일렁이기 시작했다. 강물은 순식간에 완의 가슴까지 차올라 왔다가는 다시금 종아리까지 물러나곤 했다.

빨간 호리병박은 작은 심장처럼 강물 위에서 반짝반짝 요동치고 있었다.

하늘은 점점 어두워져 갔다.

벌거벗은 완의 몸 위로 차가운 바람이 불어왔다. 완은 불어오는 바람을 맞으며 온몸을 떨었다. 그러고는 고개를 들어 강물 위에 떨어진 별들을 바라보았다.

며칠 뒤 황혼 녘, 강 한가운데 있는 작은 섬에서 불길이 솟구쳤다. 검푸른 연기가 공중으로 날아오르더니 이내 물 위를 뒤덮고는 천천히 흩어져 무(無)로 돌아갔다.

완이 그들의 '집'을 불살라 버린 것이다.

뉴뉴는 다시는 강가로 나오지 않았을 뿐만 아니라, 강 쪽으로는 쳐다보지도 않았다. 뉴뉴는 외할머니 댁으로 갔다. 거기서 남은 여름 방학을 보내기로 한 것이다.

하루는 점심을 먹는 자리에서 외할머니가 아이들에게 어린 시절 이야기를 들려주셨다.

"그때는 나도 너희들처럼 물에서 놀기를 좋아했단다. 하지만 겁이 많아서 뒤뜰에 있는 조그만 물웅덩이에서 헤엄을 치곤 했지. 그런 나를 보고 계시던 아버지께서 말씀하시길 나도 큰 강에서 헤엄칠 수 있다는 게야. 그 말에 나는 너무나 겁이 나서 숨어 버리고 말았지. 그런 나를 보고 아버지는 겁쟁이라고 호통을 치셨지. 그날 아버지는 커다란 나무 대야를 가져오시더니 내가 거기 앉아 있으면, 나를 강 건너까지 데리고 가서 대나무 숲에 있는 새끼 참새를 보여 주겠다고 하시더구나. 나는 좋다고 했지. 그런데 아버지는 강 한가운데까지 나를 데리고 가서는, 갑자기 나무 대야를 뒤집어 버리셨어. 물에 빠진 나는 허우적대면서 몇 번이나 물을 삼켰지. 물 위로 머리를 내밀고는 소리를 질러 대며 난리 법석을 부렸어. 순식간에 사람들이 모여들었지. 하지만 아버지는 나를 냉정하게 쳐다보고만 계셨단다. 애당초 나를 꺼내 줄 생각이 없었던 게야. 나는 두 번이나 물속으로 가라앉았다 올라왔지. 물을 너무 많이 마셔서 배가 부를 정도였단다. 그러고는 몸이 다시 물속으로 가라앉더구나. 이젠 더 이상 희망이 없구나 하고 생각했었지. 그런데 그때 이상한 일이 일어났지 뭐니. 갑자기 몸이 가벼워지더니 뒤뜰 물웅덩이에서처럼 헤엄을 칠 수 있게 된 거야. 난 꽤나 긴장하긴 했지만 굉장히 기뻤단다. 그러고는 순식간에 맞은편까지 헤엄쳐 갈 수 있었단다. 그 후로는 더 큰 강에서도 아무런 두려움 없이 헤엄을 칠 수 있게 되었단다."

뉴뉴는 이로 젓가락을 물어뜯고 있었다.

"뉴뉴야, 어서 밥 먹어야지."

외할머니께서 말씀하셨다.

뉴뉴는 젓가락을 내려놓으며 이렇게 말했다.

"저 집으로 돌아갈래요."

"여기 며칠 있기로 한 게 아니냐?"

외할머니께서 물으셨다.

"아뇨. 저 집에 갈래요. 지금 당장요."

말을 마치자마자 뉴뉴는 일어나서 걸어 나갔다. 외할머니가 무슨 말을 해도 뉴뉴는 듣지 않았다.

뉴뉴는 그 길로 곧장 강까지 달려갔다.

강에는 아무것도 보이지 않았다. 고개를 숙여 보니, 물가 갈대밭에 빨간 호리병박이 걸려 있었다. 호리병박은 예전과 다름없이 선명하게 반짝이고 있었다.

뉴뉴는 가만히 앉아 기다렸다. 하지만 강 건너에서는 인기척이라고는 전혀 없었다.

 태양이 서서히 저물어 갈 무렵, 뉴뉴의 눈은 뭔가를 간절히 찾고 있었다.

 여름도 지나가고, 강 위로는 벌써 새파란 가을 하늘이 찾아들었다. 반쯤 마른 연잎 위에는 어디서 왔는지 청개구리 한 마리가 조용히 앉아 있었다. 마른 연잎은 강물을 따라 흘러 내려가고 있었다.

 끝없는 정적이 흘렀다. 끝없는 정적만이……

 뉴뉴는 모든 것을 잊고 물속으로 뛰어들어 헤엄쳐 나아갔다. 그녀는 가라앉지 않았을 뿐만 아니라 헤엄도 아주 잘 쳤다. 그녀의 수영 실력은 벌써부터 강을 건널 수 있을 정도였던 것이다.

 그녀는 처음으로 맞은편 초가집에 가 보았다. 하지만 그 집의 대문은 단단한 자물쇠로 채워져 있었다.

 소를 치는 한 아이가 뉴뉴에게 말해 주었다. 완은 전학을 갔다고. 엄마를 따라 여기서부터 300리나 떨어진 외갓집으로 이사를 갔다고.

 개학하기 전날 황혼 녘, 뉴뉴는 갈대숲에 걸려 있던 빨간 호리병박을 풀어 주었다. 그리고 빨간 호리병박은 반짝반짝 빛을 내면서 그렇게 황혼 속으로 떠내려갔다.

6

촌놈과 떡장수

이금이

어떻게 읽을까?

① 여러 가지 상황과 환경의 변화를 겪고 있는 주인공의 감정을 생각하며 읽어 보세요.
② 등장인물들 사이의 갈등이 어떻게 전개되고 해결되는지 살펴보세요.
③ 친구 장수와 광식이에 대한 주인공의 태도와 생각이 어떻게 바뀌는지 살펴보세요.

"야, 촌놈! 잘 가라."

민혁이가 신주머니로 내 머리를 툭 치며 학원 차에서 내렸습니다.

도시로 전학 온 뒤 내 별명은 '촌놈'이 되었습니다. 쪽지 시험에서 100점을 맞아도, 음악 시간에 계명을 다 외워 불러도, 축구할 때 골을 넣어도 나는 여전히 촌놈이었습니다.

시골에 살던 우리 가족은 할머니가 돌아가신 뒤 도시로 이사 왔습니다.

"너 하나 잘 키우려고 이사 가는 거야."

아버지와 엄마가 이사를 결정한 이유였습니다. 처음엔 나도 대환영이었습니다. 학생 수도 많지 않은 시골 학교에서 잘해 봤자 우물 안 개구리를 벗어나지 못할 테니까요. 나는 도시 학교에서 새로운 친구들을 많이 사귀고 싶었습니다. 그런데 새 학교의 아이들은 날 촌놈 취급하며 놀릴 뿐 자기들 무리에 끼워 주려고 하지 않았습니다.

학원 차에서 내린 나는 우리 동네를 올려다보았습니다. 낡은 다세대 주택이며 허름한 집들이 빼곡히 들어찬 동네가 옛날에는 산이었다는 게 믿어지지 않습니다. 우리가 전에 살던 시골에는

'달래산'이라는 산이 있었습니다. 철마다 꽃이 바뀌어 피고, 새들이 날아다니고, 다람쥐가 재주넘기를 하는 산이었지요.

나무 하나 제대로 없고, 시멘트로 구석구석까지 포장된 저 동네가 옛날에는 달래산 같은 산이었다니요. 산에 살던 새, 다람쥐, 토끼들은 다 어디로 간 걸까요? 진달래도 피고, 도토리나무도 있었을 텐데요.

광식이가 생각났습니다. 나보다 공부도 못하고, 싸움도 못하고, 달리기도 못하는 광식이는 내 '쫄병'이었습니다. 우리 옆집에 살던 광식이는 아침마다 우리 집에 들러서 내 책가방을 들어 주었습니다. 나와 함께 학교에 가는 것이 영광이라는 얼굴로 말입니다. 하지만 나는 광식이를 친구로 여기지 않았습니다. 학교 오갈 때만 심심해서 같이 다녔을 뿐 학교에 가면 거들떠보지도 않았습니다. 그런데 전학 온 뒤로는 광식이가 가장 많이 생각났습니다.

나는 오르막길을 걷기 시작했어요. 오늘은 절대로 피시방에 가지 않겠다고 단단히 마음먹으면서 말입니다. 하지만 피시방이 가까워질수록 단단했던 마음이 흔들리기 시작했습니다.

'컴퓨터만 좋은 걸로 바꿔 줘 봐. 누가 피시방에 가나.'

"내가 알아보니까 그것만 가지고도 실컷 쓸 수 있다더라."

엄마는 외사촌 형한테서 물려받은 컴퓨터가 쓸 만하다고 우겼어요. 게임도 제대로 안 되는 무늬만 컴퓨터를 보고 말이에요. 도시로 이사 오면 시골 살 때와 형편이 확 달라질 줄 알았는데 갖고 싶은 걸 마음대로 가질 수 없는 건 여전했습니다.

아버지는 새벽같이 공사장에 나가고, 엄마는 구슬을 꿰거나, 신발창을 붙이거나, 옷의 실밥을 뜯는 부업을 하느라 그냥 놀 때가 없습니다. 오히려 시골에서 농사지을 때보다 더 바쁘고 힘들어 보였습니다. 물론 나 역시도 학교에서 하는 것만으로도 모자라 학원까지 가서 또 공부해야 하는 고달픈 생활을 하게 되었지요. 우리 가족 중 도시로 이사 와서 더 행복하거나 즐거워진 사람은 없는 것 같습니다.

광식이와 함께 논밭을 가로지르고 산 고개를 넘어 학교에 다니던 일이 가장 그리운 추억으로 떠올랐습니다. 광식이와 난 포장된 넓은 길을 놓아 두고 논두렁길이나 산 고갯길로 다니곤 했습니다. 피시방 같은 것이 없어도 즐거웠지요.

'오늘만 가고 절대로 안 가. 오늘은 한 시간 일찍 끝나서 피시방에 들렀다 가도 엄마가 모를 거야.'

주머니에 있는 1,000원짜리가 손이라도 달린 듯 자꾸만 내 손바닥을 간질였어요. 어제 방바닥에 떨어져 있던 것을 주웠습니다. 엄마가 돈을 찾는데도 모르는 척할 때는 좀 떨렸습니다.

"17번으로 가거라."

주인아저씨 말대로 17번 자리로 가던 나는 멈칫하고 멈춰 섰어요. 우리 반 장수가 16번에 앉아 있었기 때문입니다. 공부도 잘하고 옷도 멋있게 입고 다녀 여자아이들한테 인기가 좋은 장수를 가난한 우리 동네 피시방에서 만난 건 좀 뜻밖이었어요.

"어? 초, 촌놈 아냐? 너 이 동네 사냐?"

날 본 장수가 깜짝 놀랐어요. 나는 말없이 고개만 끄덕이고 자리에 앉아 게임을 시작했습니다. 장수가 내게 관심을 가질 리는 없으니까 내가 먼저 무관심한 척하는 거지요. 자존심을 지키려면 그 방법이 가장 좋다는 걸 깨달은 건 얼마 되지 않습니다.

"어? 제법 잘하는데. 나랑 같이할래?"

나는 장수의 말이 믿기지 않았어요. 별 볼일 없는 아이들도 날 보면 촌놈이라고 놀리며 무시하는데 장수 같은 아이가 게임을 같이하자니까요. 나는 간신히 고개를 끄덕였어요. 한 시간이 눈 깜짝할 새 지나가고 말았습니다.

장수와 나는 피시방 앞에서 헤어졌어요. 집이 어디냐고 묻자 장수는 턱으로 애매한 방향을 가리켰어요. 어쩌면 장수는 아랫동네 아파트 단지에 사는지도 모릅니다. 엄마가 모르는 곳에 있는 피시방에 오느라 우리 동네까지 온 게 분명해요. 나는 장수와 비밀을 나누어 가진 것 같은 친밀감을 느꼈습니다.

학교에 가는데 콧노래가 저절로 나왔습니다. 이제 학교에 가면 마주 보며 웃을 친구가 생겼으니까요. 다른 녀석들도 내가 장수와 친구가 된 걸 알면 깜짝 놀라겠죠. 앞으론 날 무시하지 못할 거예요.

장수를 교문 앞에서 만났습니다. 장수는 동준이와 걸어가고 있었어요. 다른 아이들에게도 우리가 친구 사이란 걸 알려 주고 싶

었습니다.

"장수야, 장수야!"

장수와 동준이가 돌아보았습니다. 난 신주머니를 휘두르며 뛰어갔지요. 하지만 장수의 얼굴을 보는 순간, 나는 큰 잘못을 저지른 것처럼 얼굴이 화끈 달아올랐습니다. 장수가 날 바라보는 눈빛 때문이었습니다. 어제 피시방에서 함께 게임을 한 것이 꿈이었나 하는 착각이 들 만큼 날 무시하는 눈빛이었습니다.

동준이가 나와 장수를 번갈아 보았습니다. 나는 점점 눈 둘 데가 없어졌습니다.

"촌놈이 무슨 일로 날 부르냐?"

비웃음까지 담고 있는 장수를 보자 모욕 당한 기분이 들었습니다. 장수 앞에서 발걸음을 돌리는데, 문득 내가 아이들과 어울려 웃고 떠들 때 먼발치에서 나를 바라보던 광식이의 눈길이 떠올랐습니다. 한 명이라도 함께 놀 친구가 있으면 자기를 무시해 버렸던 날 광식이는 어떻게 생각했을까요?

며칠 뒤 나는 장수를 또 피시방에서 만났습니다. 이번엔 내가 먼저 가서 하고 있는데 장수가 왔습니다.

"어? 촌놈 또 왔네. 언제 왔냐?"

날 모르는 척할 때는 언제고, 아무렇지도 않은 얼굴로 내게 말을 거는 장수에게 화가 치밀어 올랐습니다. 나는 함부로 별명을 부르며 무시해도 괜찮은 아이가 아닙니다. 아는 척만 해 주어도 감지덕지 고마워하는 광식이 같은 아이가 아닙니다. 도시 아이들에게 주눅이 들어 있었던 건 사실이지만 더 이상 참을 수는 없었습니다.

"네가 무슨 상관이냐? 그리고 내가 촌놈이면 넌 떡장수다."

나는 장수를 째려보면서 말했어요. 이름 탓이기도 했지만 하고 많은 장수 중에 왜 떡장수가 떠올랐는지 모르겠어요. 아마도 내가 떡이라면 자다가도 일어날 만큼 좋아하기 때문인 모양입니다.

"뭐라고?"

장수의 얼굴이 시뻘게졌어요. 그 모습을 보자 복수를 해 준 것 같아 통쾌했습니다.

하지만 싸움까지 할 생각은 정말 없었습니다. 그런데 장수 녀석이 먼저 때리는 거예요. 난 맞고도 가만히 있을 만큼 바보가 아닙니다. 장수 녀석쯤은 거뜬히 이길 수 있다고 생각했습니다. 하지만 장수는 만만한 상대가 아니었습니다.

"아니, 어떤 놈이 얼굴을 이 지경으로 만들었어? 넌 손 뒀다 뭐 하고 이렇게 맞았어?"

엄마는 날 보자마자 등을 후려치며 소리쳤어요.

"싸우지 말라며!"

나는 퉁명하게 대꾸했습니다.

"그래서 안 싸우려고 맞기만 했단 말이야? 이 등신아, 먼저 때리지 말라고 했지 누가 이렇게 맞고 다니랬어?"

엄마는 내 얼굴과 몸을 이리저리 살피며 속상해했습니다.

"저 녀석 얼굴이 저 정도면 같이 싸운 녀석 얼굴은 어떻게 됐겠어?"

아버지가 그래도 내 체면을 살려 주었습니다.

그날 밤 나는 꿈속에서 광식이를 만났습니다. 광식이와 달래산 등성이에서 잔디 썰매도 타고 개울가에서 물장난도 했습니다.

광식이도 나만큼 내 생각을 할까요? 걸핏하면 무시하고 가방이나 맡기던 녀석이 전학 가 버려 시원하다고 여기는 건 아닐까요? 그 생각을 하니까 마음이 더욱 쓸쓸해지는 것 같았습니다.

학교에 가기도 싫어졌습니다. 난 당연히 장수가 아이들에게 떠벌릴 거라고 생각했습니다. 촌놈이 덤볐다가 묵사발이 됐다고 말이에요.

'그러기만 해 봐. 내가 가만두나.'

싸움이란 이길 때도 있고 질 때도 있는 법이니까요. 그날은 엉겁결에 싸운 거라 졌지만 단단히 준비하고 싸우면 떡장수 녀석쯤 간단하게 때려눕힐 수 있습니다. 잔뜩 별렀지만 날이 흘러도 장수와 싸운 사실을 아는 아이는 생기지 않았습니다.

녀석, 그래도 입이 무거운 것 같습니다. 나는 싸움도 잘하고 입도 무거운 장수와 친해지고 싶다는 생각이 슬며시 들었습니다. 엄마도 공부까지 잘하는 장수와 친해지면 아주 좋아할 겁니다. 물론 날 때린 아이가 장수라는 건 엄마한테 비밀로 해야겠죠.

하지만 학교에서 만나는 장수는 여전히 날 모르는 척했습니다. 나는 광식이처럼 먼발치에서 장수가 노는 것을 바라보곤 했습니다. 장수는 날 무시했지만 이상하게도 내 눈엔 자꾸 그 애만 보였습니다. 체육 시간에 피구를 할 때 장수와 한편이 되면 기분이 좋았고, 축구를 할 때도 같은 편이면 더 힘이 솟았습니다. 광식이도 이랬을까요? 그래서 쫄병 노릇을 하면서도 날 따라다녔던 걸까요?

그 뒤로도 나는 장수와 만나기를 기대하면서 피시방에 갔습니다. 하지만 장수는 보이지 않았습니다. 자기네 동네 피시방으로 가는 모양입니다.

그날 나는 학원 차를 놓쳤습니다. 학원 선생님이 내 준 문제를 풀고 나오니까 학원 차가 가 버린 거예요. 나는 다음 차를 기다리느니 걸어가기로 마음먹었습니다. 노랗게 물든 은행나무 가로수가 날 꼬드겼는지도 모릅니다. 은행나무 잎이 깔린 보도블록은 시골길처럼 폭신했습니다. 다시 한 번 광식이와 시골길을 걸을 수 있다면 이젠 내가 광식이 가방을 들어 주고 싶습니다. 다른 아이들한테 광식이가 내 친구라는 것을 알려 주고 싶습니다.

지하도를 건너려던 나는 깜짝 놀라 걸음을 멈추었습니다. 지하도 입구엔 떡 파는 할머니가 있었습니다. 엄마와 함께 지나가다 떡을 사 먹은 적이 여러 번 있습니다. 할머니의 손자도 나와 같은 학년이라고 했습니다. 그 사실을 안 할머니는 덤으로 떡 한 개씩을 더 주곤 했습니다. 마치 돌아가신 우리 할머니 같았어요. 그런데 그 할머니 대신 장수가 떡 그릇 앞에 앉아 있는 것입니다.

나와 눈이 마주친 장수가 새빨개진 얼굴로 벌떡 일어나더니 어쩔 줄 몰라 했습니다. 나는 장수가 왜 그러는지 알 수가 없어 멀뚱히 바라보고 서 있었습니다. 그때 떡장수 할머니가 돌아왔습니다.
"아이고, 우리 장수가 마침 안 지나갔으면 할미 오줌 쌀 뻔했네. 누가 보기 전에 어여 집에 가거라."
 떡장수 할머니가 장수에게 말했습니다. 장수 할머니가 떡장수였다니요! 잘사는 집 아인 줄 알았는데 떡장수 할머니의 손자였다니요!

내가 떡장수라고 하자 새빨개지던 장수 얼굴이 생각났습니다. 장수 할머니가 떡장수인 줄 정말 몰랐습니다. 장수에게 큰 실수를 한 것 같아 얼굴을 마주 볼 수가 없었습니다. 나는 얼른 그 자리에서 도망치고 싶었습니다. 막 걸음을 옮기려는데 장수 할머니가 날 보았습니다. 나는 할 수 없이 인사를 했습니다.

"그래. 오늘은 혼자구나. 엄마는 안녕하시지?"

장수와 눈이 마주쳤습니다. 나는 눈길을 피하며 입속말로 "네." 했습니다.

"단골손님을 그냥 보낼 수야 없지. 너 인절미 좋아하지? 옜다, 가면서 먹어라."

할머니가 콩고물이 묻은 인절미 몇 개를 비닐봉지에 넣어 주었어요. 나는 장수의 눈길을 피한 채 떡 봉지를 받아 들었습니다. 그러곤 꾸벅 인사를 한 뒤 지하도 계단을 내려왔습니다.

"할미가 일찍 가서 저녁 주마."

할머니가 장수에게 하는 이야기가 들려왔습니다. 지하도를 건너 계단을 오르다 힐끗 돌아보니 장수가 뒤에 오고 있었습니다.

지하도를 빠져 나오니 애완동물 파는 아저씨가 있었습니다. 강아지 구경을 하는 척하면서 꾸물거리는데 장수가 내 곁을 쓱 지나쳐 갔습니다. 나는 장수 뒷모습을 보면서 걸어갔습니다.

장수는 아파트 단지 앞을 그냥 지나쳤습니다. 나를 한 번 힐끗 돌아보더니 우리 동네로 가는 오르막길로 접어들었습니다. 옷차림 같은 것만 보고 잘사는 집 아이라고 여겼는데 나와 한동네에 사는 모양입니다. 하지만 '그런 주제에 잘난 척하고 있어.'라는 생각은 들지 않았습니다.

대신 장수에게 떡장수라고 했던 것만큼은 진심으로 사과하고 싶었습니다. 시골에서 전학 온 내가 촌놈이라는 별명을 싫어하는 것처럼 떡장수 손자인 장수도 떡장수라고 불리는 것이 싫었을 겁니다. 어떻게 말해야 할까 궁리를 하며 인절미를 하나 먹었는데, 그만 떡이 목에 걸렸습니다. 나는 '캑캑' 기침을 했습니다. 장수가 걸음을 멈추더니 나를 돌아보았습니다. 나는 무릎을 짚고 계속 기침을 했습니다. 한걸음에 달려온 장수가 내 등을 두들겨 주었습니다.

"인마, 조심해서 먹어. 떡 먹다가 체하면 큰일 나."

목에 걸렸던 인절미가 쑤욱 내려가는 순간 눈물이 찔끔 나왔습니다. 나는 허리를 펴며 장수를 바라보았습니다. 장수가 멋쩍은 듯 내게서 물러났습니다. 나는 장수가 돌아서 가기 전에 허겁지겁 말했습니다.

"너한테 떡장수라고 했던 건 내가 떡을 좋아해서, 그리고 네 이름이 장수라서 그랬던 거야. 저, 정말이야."

그 말을 하고 나니 목에 걸린 떡이 내려갔을 때처럼 속이 시원해졌습니다. 나는 눈물을 쓱 닦았습니다. 장수가 날 때린 일을 이야기하지 않은 것처럼 나도 장수 할머니가 떡장수라는 걸 소문내지 않을 거예요. 장수가 숨기고 싶어 하는 동안은 말입니다.

장수가 잠시 날 가만히 바라보았습니다.

"떡장수 할머니가 네 할머닌 줄 정말 몰랐어. 미안해."

나는 정식으로 사과를 했습니다.

"야, 촌놈. 오늘도 떡장수랑 한 판 붙어 볼래? 게임으로 말이야."

장수가 날 툭 치며 웃었습니다. 장수가 날 친구로 받아들였다는 걸 단번에 알 수 있었습니다. 장수 입에서 나온 촌놈이란 말이 아주 정겹게 들렸으니까요.

"좋았어, 떡장수. 각오해!"

내 입에서 나온 떡장수란 말도 장수 귀에 정겹게 들리겠지요. 장수와 나는 피시방을 향해 나란히 걷기 시작했습니다.

20년 후

오 헨리

① 감정과 법이 충돌하는 상황에서 내가 만약 주인공이라면 어떻게 했을지 상상해 보세요.
② 주인공의 행동이 도덕적으로 옳았는지 생각해 보세요.

담당 구역을 순찰 중인 경찰관이 인상적인 모습으로 대로를 걸어가고 있었다. 주위에서 바라보는 사람이 거의 없는 것으로 보아, 그의 인상적인 행동은 습관적인 것이지 남에게 보이기 위한 것은 아닌 것 같았다. 시간은 밤 10시도 미처 못 되었지만, 비를 품은 찬 바람이 불어 거리에는 사람의 발길이 거의 없었다.

건강한 체구의 경찰관은 약간 뽐내는 걸음걸이로 걸어가면서 문단속을 살피기도 하고, 기묘하고 재치 있는 몸짓으로 곤봉*을 휘두르다가 가끔씩 몸을 돌려 평화로운 거리를 주의 깊게 바라보기도 하며 훌륭한 평화의 수호자다운 모습을 보였다. 그 지역은 일찍 문을 닫는 곳이었다. 이따금 담배 가게나 밤새워 영업을 하는 간이 레스토랑의 불빛이 보일 뿐, 번화가의 상점들은 거의가 닫힌 지 이미 오래되었다.

경찰관은 어느 길목의 중간쯤에 와서 갑자기 발걸음을 늦추었다.

컴컴한 철물점 입구에 어떤 사나이가 불을 붙이지 않은 시가**를 입에 물고 기대서 있다가 경찰관이 다가가자 황급히 말했다.

"별일 아닙니다, 경찰관님."

---

* 곤봉: 나무를 짤막하고 둥글게 깎아 만든 몽둥이
** 시가: 담뱃잎을 썰지 않고 통째로 돌돌 말아서 만든 담배

그는 안심시키듯이 말했다.

"그저 친구를 기다리고 있어요. 20년 전에 한 약속이죠. 조금 이상하게 들릴지 모르겠습니다. 어쨌든 이것이 사실인지를 확인하시고 싶으면 내 자세히 설명해 드리지요. 20년 전엔, 여기 이 철물점이 있는 곳에 '빅 조 브래디'라는 레스토랑이 있었습니다."

"6년 전까지도 있었죠."

경찰관이 말을 받았다.

"네, 그때 헐렸죠."

철물점 입구에 서 있던 사람은 성냥불을 켜서 시가에 붙였다. 날카로운 눈초리와 창백하고 각진 얼굴의 오른쪽 눈썹가에 있는 작은 흉터가 성냥불에 비쳤다. 그는 커다란 다이아몬드가 박힌 넥타이핀을 하고 있었다.

"20년 전 바로 오늘 밤에, 나와 가장 친하며 이 세상에 둘도 없이 착한 지미 웰스라는 친구와 여기 '빅 조 브래디' 레스토랑에서 저녁 식사를 같이 했습니다. 그와 나는 여기서 마치 형제처럼 자랐습니다. 그때 내 나이는 열여덟 살이었고, 지미는 스무 살이었습니다. 그다음 날 나는 돈을 벌기 위해 서부로 떠나게 되어 있었습니다. 지미는 절대로 뉴욕을 떠나려고 하지 않았습니다. 그는 살 곳이 여기밖에 없는 줄 알고 있었으니까요. 그래서 우리는 그날 밤 우리의 처지가 어떻게 되든, 아무리 먼 곳에 살게 되더라도, 지금 이 시각부터 꼭 20년이 되는 때에 여기서 다시 만나자는 약속을 했습니다. 20년 후에는, 어떻게 되든지

운명도 개척하고 돈도 벌게 되리라고 우리는 생각했습니다."

"그것 참 재미있군요."

경찰관이 말했다.

"그런데 재회까지의 기간이 너무 긴 것 같은데요. 그래 떠난 후에 소식은 들었습니까?"

"네, 얼마 동안 서신* 왕래**가 있었지요."

상대편이 대답했다.

"그러나 몇 년 후엔 소식이 끊어졌어요. 아시다시피 서부란 꽤 넓죠. 게다가 나는 참으로 바쁘게 돌아다녔으니까요. 하지만 지미는 이 세상에서 가장 진실되고 미더운*** 친구이니, 살아 있다면 나를 만나러 여기에 올 것입니다. 약속을 잊어버릴 리 없어요. 나는 약속을 지키려고 1,000마일이나 달려왔어요. 그 옛 친구가 나타나면 온 보람이 있는 거죠."

기다리고 있던 사람은 뚜껑에 작은 다이아몬드가 여러 개 박혀 있는 회중시계를 꺼냈다.

"10시 3분 전이군요. 우리가 레스토랑 앞에서 헤어진 때가 꼭 10시였죠."

"당신은 서부에서 재미를 많이 보신 모양이군요?"

"그러믄요! 지미가 내 반만이라도 벌었으면 좋겠습니다. 그 친

---

* 서신: 안부나 소식 따위를 적어 보낸 편지
** 왕래: 가고 오고 함.
*** 미덥다: 믿음이 가는 데가 있다.

구는 사람은 좋지만 꾸준하기만 한 사람이죠. 나는 큰 돈을 벌기 위해 날고 뛰는 친구들과 경쟁을 벌여야만 했습니다. 뉴욕에 사는 사람은 판에 박힌 생활을 하게 되죠. 하지만 서부에서 지내는 사람에게는 가끔 모험도 따른답니다."

경찰관은 곤봉을 휘두르고 한두 걸음 옮겼다.

"저는 가 봐야겠습니다. 친구 분이 꼭 오면 좋겠습니다. 그런데 꼭 정각까지만 기다리시렵니까?"

"아니오, 적어도 30분은 더 기다려야지요. 지미가 이 세상에 살아 있다면 그때까지는 반드시 올 겁니다. 안녕히 가십시오."

"네, 안녕히."

경찰관은 인사를 하고, 문단속을 살피며 순찰을 계속했다.

드디어 찬 가랑비가 내리기 시작했다. 불규칙하게 불던 바람도 일정하게 불어왔다. 몇 명 안 되는 보행자들은 코트 깃을 세우고 손을 주머니에 넣은 채 침울한 표정으로 묵묵히 발걸음을 재촉했다. 어리석게도 불확실한 젊은 시절의 약속을 지키기 위해 1,000마일이나 달려온 사람은 철물점 문턱에서 시가를 피우며 기다리고 있었다.

약 29분쯤 기다리자, 긴 외투를 입고 코트 깃을 귀까지 올린 키 큰 사람이 길 건너편에서 서둘러 건너왔다. 그는 곧바로 기다리고 있는 사람에게 갔다.

"자네 밥이지?"

그는 의심쩍은 듯이 물었다.

"자네가 지미인가?"

문에 서 있던 사람이 크게 외쳤다.

"정말 반갑네!"

나중에 온 사람이 상대편의 두 손을 잡으며 소리쳤다.

"틀림없이 밥이로군! 자네가 살아만 있다면 여기서 만날 줄 알았네. 정말이지 20년이란 긴 세월일세. 여기 있던 레스토랑도 없어졌지. 그대로 남아 있었다면 거기서 다시 저녁 식사를 할 수 있었을 텐데. 그건 그렇고, 이 친구야, 그동안 서부에서 어떻게 지냈나?"

"말도 말게, 내가 바라는 것은 무엇이든 다 이루어졌네. 지미, 자네 참 많이 변했네. 내가 생각했던 것보다 2~3인치나 더 큰 것 같은걸."

"스무 살이 지나서 좀 컸지."

"자네는 뉴욕에서 잘 지냈나?"

"그저 그렇지. 시청에 근무하고 있네. 자, 내가 잘 아는 곳으로 가서 옛이야기나 오랫동안 나누세."

두 사람은 팔짱을 끼고 나란히 거리를 걷기 시작했다. 서부에서 온 사나이는 성공했다는 자부심에 부풀어 자신의 과거를 대강 이야기하기 시작했다. 외투에 푹 파묻힌 상대편은 흥미롭게 들었다.

길모퉁이에 전등이 밝게 비치는 약방이 있었다. 두 사람이 밝은 불빛 아래 있게 되자 서로 얼굴을 보려고 동시에 몸을 돌렸다.

서부에서 온 사나이는 갑자기 발걸음을 멈추며 끼고 있던 자기 팔을 풀었다.

"자네는 지미 웰스가 아니네."

그는 갑자기 소리쳤다.

"20년이 아무리 길다고 하더라도 매부리코를 납작코로 만들 수는 없지."

"그러나 20년이란 세월은 착한 사람을 악인으로 변화시키기도 하지요."

키가 큰 사람이 말했다.

"멋쟁이 밥, 당신은 10분 전부터 체포된 사람이오. 시카고 당국*에서 당신이 우리 구역에 들어왔을지도 모른다는 전문이 왔소. 조용히 가겠소? 그렇게 하는 것이 좋을 거요. 경찰서로 가기 전에, 당신에게 전해 달라고 부탁받은 쪽지가 있으니 창가에서 읽어 보도록 하시오. 웰스 경찰관이 전하는 것이오."

서부에서 온 사나이는 작은 쪽지를 받아 펼쳐 들었다. 그가 쪽지를 읽기 시작할 때에는 손이 떨리지 않더니 다 읽을 때쯤에는 약간 떨렸다. 편지 내용은 간단했다.

> 밥, 나는 정시에 약속한 장소에 갔었네. 그러나 자네가 시가에 불을 붙이려고 성냥불을 켰을 때, 자네가 바로 시카고 당국이 수배 중인 사람이라는 것을 알았네. 하지만 차마 내 손으로 자네를 체포할 수가 없어서 다른 형사에게 부탁했네.
> —지미

* 당국: 어떤 일을 직접 맡아 하는 기관

8

야, 춘기야

김옥

어떻게 읽을까?

① 사춘기를 겪는 예린과 엄마 사이의 갈등이 어떻게 시작되고, 시간이 흐르면서 어떤 방식으로 변화하는지 살펴보세요.
② 세대 간의 갈등이 왜 발생하는지, 그리고 그것이 가족 관계에 어떤 영향을 미치는지 생각해 보세요.

"춘기야, 야, 춘기야."

꿈결처럼 부르는 소리가 들렸다.

"방에 있는 거 다 아니까 문 열어. 아직 초저녁이야."

하지만 껌처럼 들러붙는 잠을 떨쳐 내기란 정말 힘들다. 다시 경계선을 넘어 잠의 세계로 달아나려는 순간, 책상 위에 있던 내 휴대폰이 울리기 시작했다. 벌떡 일어나 전화를 받았다.

"여보세요?"

"춘기 너 방에 있으면서 왜 대답을 안 해. 얼른 문 안 열어?"

엄마가 건 전화였다. 엄마는 거실에서, 그리고 내 휴대폰 속에서 소리쳤다. 할 수 없이 문을 열자 엄마는 내 방문에 몸을 기대고 있었던 듯 휘청거리며 들어왔다. 짧게 자른 머리가 위로 다 뻗쳐 있다.

"대체 방문은 왜 꼭꼭 걸어 잠그는 거야. 아이구 더워. 그리고 방 좀 치워라. 이게 다 뭐야."

"아휴 또."

잔소리다. 나는 그대로 침대에 벌렁 누워 버렸다.

"혹시 너 내 허리띠 안 가져갔어?"

"내가 엄마 허리띠를 어떻게 알아? 그리고 왜 내가 춘기야. 멀쩡한 이름 놔두고."

나는 화를 내며 이불을 확 뒤집어써 버렸다. 그러자 엄마 목소리가 조금 누그러졌다.

"니가 그러니까 춘기지. 사춘기. 에구, 나도 사춘기 딸을 처음 키워 보는 거라 힘들다. 내가 자랄 때는 어른들 말도 잘 듣고 진짜 열심히 공부만 한 것 같은데."

엄마는 내 방 전신 거울에 요리조리 얼굴을 비춰 보더니 한숨을 푹 쉬면서 말했다.

"하여간 엄마 영어 학원 가서 공부하고 운동하다 오면 늦을지 모르니까, 너도 텔레비전만 보지 말고 수학 문제집 오늘 거 다 풀어 놔. 알았지? 대신 저녁은 피자 시켜 먹어."

나는 벌떡 일어나며 말했다.

"또? 오늘 급식에서도 스파게티 나왔단 말야. 나 김치찌개 끓여 주고 가면 안 돼?"

"야 춘기야, 너 참 이상하다. 다른 애들은 라면이나 피자 먹고 싶어서 안달이라는데, 넌 엄마 힘든 거 안 보이냐? 하루 종일 돈만 세다 왔더니 손가락이 다 저리다."

엄마는 매니큐어 바른 손가락을 피아노 치듯 허공에 두드리며 말했다.

"아무튼 내일 아침은 네 소원인 김치찌개 꼭 끓여 줄게."

엄마는 현관문을 '쾅' 닫고 허겁지겁 나갔다, 가 아니라 다시 벨을 눌렀다.

"휴대폰, 엄마 휴대폰 좀 주라, 깜박 잊을 뻔했네."

내가 휴대폰을 가져다주자 엄마는 웃으며 말했다.

"야, 춘기야, 공부는 하면 할수록 재미있더라. 중간고사도 얼마 안 남았으니까 그만 누워 있고 공부해라, 응?"

내가 아무 말도 안 하니까 엄마는 나가려다 말고 한마디 덧붙였다.

"내가 몸은 나가지만 마음은 네 곁에 남겨 놓고 갈 테니까 올 때까지 자지 말고 공부해. 응? 아이스크림 사 올게."

그러고는 또 문을 '쾅' 닫고 나가 버렸다.

한바탕 전쟁이라도 치른 것 같다. 하긴 엄마의 생활 자체가 전쟁이긴 하다. 엄마는 낮에는 은행에서 돈을 세고, 밤이면 영어 학원에다가 운동까지 다닌다. 엄마는 늦게 하는 공부가 재미있다고 한다. 그러면서 가을이 되자 부쩍 나까지 들볶는다.

"중학교 가서 꼴등 하면 안 되니까 지금부터 공부 열심히 해 둬."

왜 중학교까지 미리 걱정해야 하는지 이해가 안 가는 나는 요즘 '멋 내기'라는 심오한 학문에 푹 빠져 있다. 정확히 말하면 '어른 흉내 내기'라고 해야 할 것이다. 내가 장담하는데 이건 우리를 성공적인 삶으로 이끈다는 공부보다 훨씬 재미있다.

나는 맘에 드는 엄마 허리띠를 몰래 차고 다닌다거나 엄마 샌들을 끌고 학교에 가기도 한다. 그런데도 엄마는 학교에서는 내가 모범생인 줄 알고 있다. 하지만 난 그냥 모범생인 척할 뿐이다. 그 가면을 쓰고 있으면 선생님이나 어른들을 대할 때 편하기 때문이다.

문제아인 애들도 진짜 속까지 문제아인 것은 아니다. 다만 그 애들도 그게 편하니까 그런 척할 뿐이다. 어른들만 속고 있지 애들은 다 아는 사실이다.

모범생이 피자를 시키기 위해 전화기에 손을 대자마자 전화벨

이 먼저 울렸다.

"누구냐? 예린이냐?"

"아, 할머니."

내가 좋아하는 외할머니다. 어릴 적 엄마가 바빠서 할머니 댁 과수원에서 자라던 시절이 있었다. 그때는 엄마 없으면 큰일 나는 줄 알던 나이였다.

사과 따느라 바쁜 할머니에게 칭얼댈 때면 할머니는 말하곤 했다.

"아가, 할머니랑 껌 사러 가자."

그래서 지금도 그렇게 내가 껌 씹는 걸 좋아하는 걸까? 그건 잘 모르겠지만 확실히 아는 건 지금은 엄마가 곁에 있으면 불편할 때가 많다는 거다. 특히 내 방에 불쑥 들어와 힐끔 책상 위를 살필 때면 정말 짜증 난다.

"우리 예린이 잘 있었지? 엄마는 아직 안 왔어?"

"아니, 왔다가 학원에 갔어."

"우리 예린이만 혼자 놔두고? 쯧쯧, 날마다 바빠서 큰일이다."

할머니는 혀를 찼다.

"할머니 내일 너희 집 올라간다고 엄마에게 전해라."

나는 전화를 끊고 전화를 걸었다.

"피자 한 판 가져다주세요."

한참 뒤 저녁 식사가 도착했다. 모자를 푹 눌러 쓴 청년이었다. 나는 안방 쪽을 보며 해외 취재 나가서 지금도 사진 찍느라 바쁠 아빠를 불렀다.

"아빠, 신발장 위에 있는 돈 줄게요."

그러자 청년은 공손하게 인사를 하고 나갔다.

"맛있게 드세요."

피자 먹을 때 빠져서는 안 될 것이 있는데, 그것은 바로 리모컨이다. 피자를 먹을 때는 꼭 텔레비전을 봐야 할 것 같기 때문이다. 그래서 피자 조각과 리모컨을 들고 차가운 가죽 소파로 올라갔다. 텔레비전에서는 낯선 사람들이 웃고 떠들고 있었다. 왠지 모르게 기분이 나빠졌다.

"빨리 어른이 되면 좋겠어. 그러면 혼자 있어도 심심하지도 무섭지도 않을 거야."

나는 피자 조각을 우물거리며 단짝 윤선이에게 휴대폰 문자를 보내기 시작했다.

나 내일 그거 할래. 너도 그거 같이 하자.

다음 날, 1교시 수학이 끝날 때쯤이었다. 담임이 분필을 들고 칠판으로 돌아서는 순간, 나도 필통 지퍼를 열고 휴대폰을 꺼냈다. 뒷문 쪽에 앉은 윤선이에게서 문자가 온 것이다.

'그거'에 대해 할 말이 있으니 '휴게실'에서 만나자고 했다. 나는 윤선이 쪽을 보며 웃어 주었다. 그리고 나자 수학 시간은 더 지겹게 느껴졌다. 마침내 쉬는 시간이 되어 따뜻한 물도 나오고 음악이 흐르는 우리들의 휴게실, 여자 화장실로 달려갔다. 윤선이는 다짜고짜 나를 끌고 맨 끝 칸으로 들어가더니 온갖 머리 모양을 한 사람들의 사진을 꺼내 보였다.

"우아 많다. 언제 다 모은 거야?"

"네 문자 받자마자 우리 엄마 미장원에 가서 잡지를 살짝 들고 와 오렸지."

"철저히 준비해 왔네."

"예린이 너 맘 변할까 봐 그랬다. 그런데 너 그거 하면 너희 엄마한테 혼날 텐데. 괜찮겠어?"

"걱정 마. 먼저 나가 봐. 나 소변 좀 보고 나갈게."

갑자기 긴장된 나는 엄마 허리띠를 만지며 말했다.

학교가 끝나고 집에 들러 엄마 샌들로 갈아 신은 뒤 대형 할인점으로 갔다. 그리고 우리가 원하는 것을 샀다. 계산을 끝내고 그것을 손에 넣는 순간 정말 신났다.

아파트 엘리베이터 앞에서 윤선이가 큰 소리로 말했다.

"엘리베이터 타지 말고 그냥 계단으로 가자."

윤선이 목소리가 여느 때보다 커졌다. 특히 우리 집 앞에서는 내 어깨를 치면서 큰 소리로 웃었다. 우리 집 위층에는 연호가 살고, 연호는 윤선이가 좋아하는 남자 친구이기 때문이다.

모든 음모는 늘 비어 있는 우리 집에서 이루어진다. 윤선이랑 공포 영화 비디오를 빌려다 보는 곳도 우리 집이고, 떡볶이나 라면을 끓여 먹는 것도 우리 집이다.

  당연히 오늘 하기로 한 그거 즉, 머리 물들이기라는 엄청난 행사를 치르는 곳도 우리 집이다.

  나는 엄마 샌들을 벗어 던지며 소리쳤다.

"얼른 염색하자, 얼른."

"잠깐, 설명서를 잘 읽어 봐야 해."

  그리고 설명서에 써 있는 대로 머리 염색을 하기 시작했다. 재미있는 장난 같았다. 서로 깔깔대며 머리에 염색약을 발라 주고 비닐 같은 걸 뒤집어썼다.

소파에 다리를 꼰 채 앉아 있으려니 미장원에 온 손님 같은 기분이 들었다.

역시 지식은 경험에서 나온다.

머리 염색할 때 필요한 것은 바로 커피였다.

옆에 점잖게 앉아 있는 손님에게 물었다.

"손님, 기다리는 동안 커피라도 한 잔 하시겠어요?"

"네, 원원투예요."

커피, 프림 한 숟갈 그리고 설탕 두 숟갈이라는 소리다.

웃음을 꾹 참고 얼른 커피를 탔다. 염색약이 얼굴에 흘러내렸지만 주인답게 의젓하게 행동했다.

"드시지요."

우아하게 마시려는데 위층 연호네 집에서 연호 엄마 악쓰는 소리가 들렸다. 아무래도 오늘 연호 녀석 또 혼나나 보다. 반쯤 비닐에 덮인 윤선이 귀가 토끼처럼 쫑긋거렸다.

커피를 마시고 손톱 발톱 스무 개에 매니큐어를 바르자 시간이 다 되어 머리를 감았다. 드라이어로 말리고 나서 거울을 보았다. 갈색 머리를 한 낯선 두 여자아이가 서 있었다. 가발을 뒤집어쓴 것 같았다.

학교 화장실에서 봤던 연예인 사진 가운데 하나를 꺼내 머리 색깔을 견주어 보았다.

"똑같은 것 같기도 하고, 아닌 것 같기도 하고."

"더 멋진 것 같기도 하고, 예쁜 것 같기도 하고."

우리는 한꺼번에 큰 소리로 웃었다. 웃고 나자 두려웠다. 놀이는 끝났고 모험만 남았다.

오후에 엄마가 여느 때보다 훨씬 일찍 집에 들어왔다. 엄마를 맞이할 마음 준비가 끝나기도 전에 와 버려서 나도 놀랐지만, 엄마도 내 모습에 어지간히 놀랐나 보다.

한참을 입을 벌린 채 바라보더니 비명처럼 소리를 질렀다.

"머리 꼴이 그게 뭐야? 누가 우리 딸 머리를 그렇게 만들어 버렸어? 누구야 누구?"

"아니야, 엄마. 내가 집에서 했어."

내가 기어들어 가는 소리로 말하자 엄마의 짧은 머리카락이 일일이 곤두서는 것 같더니 눈동자가 커질 대로 커졌다.

"너 미쳤구나? 학생이 염색을 다 하고."

"윤선이도 했는데."

내 말대꾸에 엄마는 불같이 화를 내기 시작했다.

"집에서 하라는 공부는 안 하고 잘한다. 응? 그리고 매니큐어는 왜 발랐어? 너 지금 한 것 내 허리띠 맞지? 도저히 참을 수 없어. 날마다 엉뚱한 짓이나 하고."

엄마는 내가 차고 있던 허리띠를 휙 빼앗아 가더니만 또다시 소리쳤다.

"휴대폰도 압수야! 내가 너 만한 나이 때는 공부만 하고 책만 읽었다. 도대체 누굴 닮아 엉뚱한 궁리만 하는 거야?"

휴대폰을 뺏기고 나자 억울해서 눈물이 다 나왔다. 더 이상 참을 수가 없어 소리쳤다.

"엄마도 화장하고 파마도 하잖아."

"나하고 너하고 같아? 나는 어른이고 너는 학생이잖아."

"그럼 엄마처럼 바쁘다는 핑계로 딸 밥도 잘 안 챙겨 주는 거는 엄마 노릇 잘하는 거야?"

나는 울면서 소리쳤다.

"내가 누구 때문에 이렇게 열심히 사는데……."

"누군 누구야 엄마가 좋아서 엄마 인생 사는 거지. 나는 바보처럼 공부만 하면서 살고 싶지 않아. 해 보고 싶은 것은 다 하면서 살 거야. 그리고 절대로 엄마처럼은 살지 않을 거야."

엄마 눈이 휘둥그레졌다.

짧은 순간 커다란 눈 가득 눈물을 글썽이더니 내 등짝을 세게 후려치며 말했다.

"난 애들이 어른한테 대드는 꼴은 죽어도 못 봐. 하여간 검은 염색약 사다 다시 염색할 거니까 그런 줄 알아."

나는 내 방에 들어가 문을 걸어 잠그고 엉엉 울었다.

'집 나가 버릴 거야. 혼자서도 얼마든지 살 수 있어.'

한참 뒤 엄마가 현관을 나가는 소리가 들렸다.

'검은 염색약 사러 가는 건가?'

하는 생각이 들었지만 나가 보지는 않았다.

한참 있다 화장실로 가 세수를 했다. 거울 속에는 어른도 아이도 아닌 갈색 머리가 서 있었다.

'어서 저 낯선 애와 친해져야 할 텐데.'

한참 뒤 돌아온 엄마는 혼자가 아니었다. 지하철역에 가서 외할머니를 모셔 온 것이다.

엄마는 내게 눈을 흘기며 말했다.

"할머니한테 인사도 안 해?"

할머니를 보자 조금 기분이 풀어진 나도 함께 눈을 흘겨 주고는 할머니에게 매달렸다.

"할머니, 히잉."

짧은 은발에 잘 익은 사과처럼 발갛게 그을린 할머니는 날 보고 활짝 웃으셨다. 서툴게 칠한 빨간 입술이랑 울퉁불퉁 검은 눈썹이 꼭 애들이 물감 잔뜩 묻힌 붓으로 장난쳐 놓은 것 같다. 피식 웃음이 나왔다.

"아이고 우리 예린이 공부하느라고 힘든가 비쩍 말랐네."

그러자 엄마가 입을 삐쭉이며 말했다.

"공부는 무슨, 멋 내느라고 정신없대요. 저 멋진 머리 좀 봐."

그런데 할머니는 오면서 이미 엄마에게 이야기를 들으셨나 보다.

"생각보다 잘 들였네. 우리 예린이가 영리하고 손재주가 좋아."

"손재주 좋으면 뭐 해. 그럴 시간 있으면 공부나 하지. 이따 염색약 사다가 검게 물들여 버려야지."

그 말에 다시 화가 난 나는 엄마를 노려보며 말했다.

"그럼 나 집 나가 버릴 거야."

"나가라, 누가 무서워할 줄 알고."

엄마는 눈 하나 깜짝하지 않는다. 정말 인정 없는 엄마다.

"놔둬라. 너도 중학교 때 연탄집게 달궈서 머리 파마한다고 태워 먹고 온통 난리 친 적 있잖아? 벌써 잊어버렸냐?"

"정말? 할머니, 그게 정말이야?"

내가 되묻자 엄마는 당황하면서 말했다.

"어휴, 엄마는 애 앞에서 그런 소리 하면 어떡해."

그러더니 그 뒤로는 신기하게도 내 머리 염색에 대한 말은 쏙 들어가 버렸다. 아무래도 엄마의 성장 과정에 뭔가 숨겨진 비밀이 있는 것 같다.

우리는 셋이서 식탁에 둘러앉아 저녁을 먹었다. 그리고 할머니가 가져온 사과를 먹었다. 사과는 단물이 줄줄 흘렀다.

할머니는 엄마랑 함께 안방에서 자기로 했다.

나는 할머니를 졸랐다.

"할머니, 나랑 같이 자. 응?"

"우리 엄마다. 왜 빼앗아 가려고 그래?"

엄마가 마음이 많이 풀렸는지 농담을 했다.

결국 할머니랑 엄마랑 나는 거실에 나란히 누웠다. 우리는 사이좋게 텔레비전을 보았다. 엄마는 시골 동네 사람들 안부부터 할머니네 똥개 백호의 소식까지 묻더니 피곤한지 이내 코를 골며 잠이 들었다. 기다리던 순간이었다.

나는 엄마가 잠든 걸 확인하고 할머니에게 소곤소곤 물었다.
"할머니, 엄마는 나만 할 때 공부만 했어?"
그러자 할머니가 잠이 묻은 소리로 말했다.
"누구? 니 엄마가?"
"응, 공부가 너무 재미있어서 멋도 안 부리고 죽으라고 공부만 했대. 그래서 나는 엄마 딸 같지가 않대. 엄마 닮은 구석이 하나도 없어서 그렇게 놀 궁리만 하는 거래."
"아이구, 별소리를 다 한다. 내 새끼가 어때서. 사과처럼 예쁘기만 하구만. 힝, 저 클 때는 안 그랬나? 그때 남학생들이랑 빵집으로 들판으로 극장으로 얼마나 쏘다니던지 내가 학교도 한 번 불려 가고 진짜 속 썩었는데 그건 까맣게 잊었는가 보다."
"정말? 엄마가 그렇게 할머니 속을 썩였단 말야?"
할머니는 아차 했는지 입을 다물더니 얼른 덧붙였다.
"아니, 뭐냐 저, 그게 아니고, 그래도 네 엄마는 형제들 중에 가장 인정이 많았어. 속 썩일 때도 있었지만 용돈 모아서 선물도 사다 주고 과수원 일하고 오면 등도 주물러 주고 애교도 부리고 하던 건 네 엄마였단다."
엄마의 비밀이 드러나 버렸다. 그동안 나만 감쪽같이 속았다. 역시 얼른 어른이 돼야 한다.
"할머니, 나도 얼른 어른이 되면 좋겠어. 어디든 맘대로 가고 내 맘대로 다 해 볼 거야."
그러자 할머니는 웃으며 말했다.

"암, 그래야지. 우리 예린이는 잘할 수 있을 거야. 할머니는 우리 예린이를 믿어요. 무엇이든 하고 싶은 것은 다 해 보고 세상을 돌아다녀 보렴. 그런데 예린아, 사과는 오랫동안 충분히 익어야 달고 맛있단다. 햇빛도 맘껏 쬐고 별빛도 맘껏 받고 비도 맞고 바람도 받고 이슬도 먹고, 먹고……."
"……?"
이상해서 보니 할머니는 어느새 잠들어 있고 엄마의 코 고는 소리만 요란하다.
'엄마는 그래 놓고 나한테는 그렇게 거짓말을 했단 말야?'
자는 엄마 모습을 보니 이상하게도 화가 나기보다 피식 웃음이 나왔다. 엄마에게도 나와 같은 시절이 있었던 것이다. 아무래도 집 나가는 것은 잠깐 뒤로 미뤄야겠다.
할머니랑 할머니 속에서 나온 엄마랑, 엄마 속에서 나온 나는 나란히 누워 그렇게 잠이 들었다.

할머니는 닷새 동안 우리 집에 머물렀다. 엄마가 더 있으라고 졸랐지만, 할머니는 이제부터는 열심히 사과만 따야 하는 때가 됐다고 했다.
우리 집에 온 이튿날, 할머니는 여러 종류의 김치를 담그고 김치찌개를 끓였다. 엄마는 할머니에게 편안한 신발을 한 켤레 사 드렸다. 그다음 날, 할머니는 된장찌개를 끓이고 골고루 밑반찬을 만들었다. 엄마는 할머니를 모시고 안경점으로 가 안경을 맞춰 드렸다. 또 그다음 날, 할머니는 오리탕을 끓이고 엄마랑 나는 할머니 머리를 염색약으로 검게 물들여 드렸다. 그리고 사과보다 더 빨간 옷을 한 벌 사 드렸다. 할머니는 점점 젊어졌다.

"역시 우리 엄마 음식 솜씨가 최고야."

할머니가 끓여 준 오리탕을 먹으며 엄마는 젊어진 할머니 앞에서 어린애처럼 어리광을 부렸다. 나는 확실히 알았다.

'우리 엄마도 누군가의 딸이구나.'

그리고 정확히 닷새째 되는 날 할머니는 내려갔다. 닷새는 엄마와 나의 몸과 영혼이 회복되기에 충분한 시간이었다.

할머니를 지하철역까지 바래다 준 엄마는 자전거를 꺼내더니 말했다.

"야, 춘기야. 우리 들꽃 공원으로 운동하러 가자."

엄마는 내가 좋아하는 초록 껌 하나를 내밀었다. 엄마가 내미는 껌 하나에 마음이 열린 나는 인라인스케이트를 신고 따라나섰다.

"우리 누가 잘 타나 시합할까?"

"당연히 내가 이기지. 엄마는 절대 내 속도를 따라올 수 없을 걸."

"그러니까 이 엄마가 서툴러서 넘어질 때면 네가 좀 봐 줘라. 응?"

"그건 내가 엄마에게 하고 싶던 말이라고. 아참, 내가 엄마 머리도 빨갛게 염색해 줄까?"

그러자 엄마 자전거가 휘청거렸다. 엄마는 얼른 균형을 잡더니 내게 눈을 흘겼다. 나는 큰 소리로 웃었다.
 우리는 들꽃 공원을 신나게 돌았다. 함께 '딱딱' 소리 내어 씹는 껌 소리가 경쾌하게 울려 퍼졌다. 꼭 이중창 같았다.

작품 출처 및 수록 교과서

작품	작가	출처	수록 교과서
하늘은 맑건만	현덕	《하늘은 맑건만》, 문학과지성사, 2007	비상(박현숙), 지학사 1-1 창비, 천재(정호웅), 해냄에듀 1-2
먹고 싶다, 수박	장주식	《어쩌다 보니 왕따》, 우리학교, 2012	천재(노미숙) 1-1
동백꽃	김유정	《동백꽃》, 문학과지성사, 2005	미래엔(신유식), 비상(박영민) 1-2
오마니별	김원일	《미망·오마니별 외》, 강, 2013	
빨간 호리병박	차오원쉬엔	《바다소》, 다림, 2018	
촌놈과 떡장수	이금이	《금단현상》, 푸른책들, 2006	
20년 후	오 헨리	《오 헨리 단편선》, 문예출판사, 1977	
야, 춘기야	김옥	《청소녀 백과사전》, 낮은산, 2006